Goosebumps®

Goosebumps®

Goosebumps®

雞皮疙瘩 3

厄運咕咕鐘

The Cuckoo Clock of Doom

R.L. 史坦恩（R.L.STINE）◎著

派特◎譯

致台灣讀者

讀者們，請小心……

我是R．L．史坦恩，歡迎到「雞皮疙瘩」的可怕世界裡來。

你是否曾在深夜裡聽到過奇怪的嚎叫？你是否曾在黑暗中聽到腳步聲——卻根本看不到人？你是否見過神祕可怖的陰影，幽幽暗處有眼睛在窺視著你，或者身後有聲音叫你的名字？

如果是這樣，你應該了解那種奇特的發麻的感覺——那種給你一身雞皮疙瘩、被嚇呆的感覺。

在這些書裡，幽靈在閣樓上竊竊低語；膽顫心驚的孩子忽而隱形；稻草人活了，在田野裡走來走去；木偶和布娃娃也有生命，到處嚇人。

當然，這些都是磨礪心志的好玩的嚇人事。我希望你們感到害怕，同時也希望你們大笑。這都是想像出來的故事。當然，最可怕的地方在你們自己心裡。

過個害怕的一天吧！

出版緣起

人生從奇幻冒險開始

何飛鵬
城邦媒體集團首席執行長

我的八到十二歲是在《三劍客》、《基度山恩仇記》、《乞丐王子》中度過的。可是現在的小孩有更新奇的玩具、電玩、漫畫，以及迪士尼樂園等。

八到十二歲，正是孩子從字數極少、以圖畫爲主的繪本閱讀，跨越到漸漸以文字閱讀爲主的時期。也正是訓練孩子從圖像式思考，轉變成文字思考的重要階段。在這個階段，養成長期的文字閱讀習慣，能培養孩子敘事、分析、推理的邏輯思辨能力，奠定良好的寫作實力與數理學力基礎。

然而，現在的父母擔心，大環境造成了習於圖像、不擅思考、討厭文字的一代。什麼力量能讓孩子重回閱讀的懷抱呢？

全球銷售三億五千萬冊的「雞皮疙瘩系列」，正是爲了滿足此一年齡層的孩子的需求而誕生的！

無論是校園怪奇傳說、墓地探險、鬼屋驚魂，或是與木乃伊、外星人、幽靈、吸血鬼、殭屍、怪物、精靈、傀儡相遇過招，這些孩子們的腦袋裡經常出現的角色或想像，經由作者的生花妙筆，營造出一個個讓孩子們縱橫馳騁的魔幻時空、光怪陸離的神奇異界，經歷各種危急險難，最終卻又能安全地化險爲夷。這樣的冒險犯難，無論男孩女孩，無不拍案稱奇、心怡神醉！

本系列作品被譯爲三十二種語言版本，並在全球數十個國家出版，創下了出版史上多項的輝煌紀錄，廣受世界各地孩子的喜愛。作者史坦恩表示，這套作品之所以成功，是因爲多年的兒童雜誌編輯工作，讓他對兒童心理和兒童閱讀需求有了深刻理解——他知道什麼能逗兒童發笑，什麼能使他們戰慄。

我們誠摯地希望臺灣的孩子也能和世界上其他的孩子一樣，有更豐富多元的閱讀選擇。更希望藉由這套融合驚險恐怖與滑稽幽默於一爐，情節緊湊又緊張的「雞皮疙瘩系列」，重拾八到十二歲孩子的閱讀興趣，從而建立他們的閱讀習慣，擁有一個快樂學習的童年。

現在，我們一起繫好安全帶，放膽體驗前所未有的驚異奇航吧！

專文推薦

戰慄娛人的鬼故事

廖卓成
國立臺北教育大學語文與創作系兒童文學教授

這套書很適合愛看鬼故事的讀者。

文學的趣味不止一端，莞爾會心是趣味，熱鬧誇張是趣味，刺激驚悚也是趣味。有人擔心鬼故事助長迷信，其實古典小說中，也有志怪小說一類，《聊齋誌異》就有不少鬼故事。何況，這套書的作者開宗明義的說：「這都是想像出來的故事」，不必當眞。

既然恐怖電影可以看，看鬼故事似乎也無妨；考試的書讀久了，偶爾調劑一下，對頭腦卻是有益。當然，如果看鬼片會連續失眠，妨害日常生活，那就不宜勉強了。

雋永的文學作品，應該有深刻的內涵；但不少兒童文學作品說教有餘，趣味不足。只要有趣味，而且不是害人爲樂的惡趣，就是好的作品。鮑姆（Baum）在《綠野仙蹤》的序言裡，挑明了他寫書就是爲了娛樂讀者。

倒是內行的讀者，不妨考校一下自己的功力，留意這套書的敘事技巧，由主角「我」來講故事，有甚麼效果？書中衝突的設計與化解，是否意想不到又合情合理？能不能有不同的設計？會不會更好？這是另一種引人入勝之處。

導讀

結局只是另一場驚嚇的開始

臺北藝術節藝術總監
臺北藝術大學戲劇系兼任助理教授
耿一偉

不知道大家還記不記得，小時候玩遊戲，比如捉迷藏等，都會有一個人要當鬼。鬼在這個遊戲中很重要，沒有鬼來捉人，遊戲就不好玩。這些遊戲的關鍵特色，不是人要去消滅鬼，而是要去享受人被鬼追的刺激樂趣。所以當鬼捉到人後，不是遊戲就結束，而是下一個人要去當鬼。於是，當鬼反而是件苦差事，因爲捉人沒有樂趣，恨不得趕快找人來替代。所以遊戲不能沒有鬼，不然這個遊戲就不好玩了。

在史坦恩的「雞皮疙瘩系列」中，這些鬼所扮演的角色也是類似遊戲中的鬼，給我帶來閱讀與想像的刺激。各位讀者如果留意一下，會發現在他的小說中，都有一個類似的現象，就是結局往往不是一個對抗式的終局，一種善惡誓不兩立，以消滅魔鬼爲最終目標的故事——這比較是屬於成人恐怖片的模式，不是你死，就是人類全部變殭屍。但「雞皮疙瘩系列」中，你的雞皮疙瘩起來了，可是結尾的時候，鬼並不是死了，而是類似遊戲一樣，這些鬼換了另一種角色，而且有下一場遊戲又要繼續開始的感覺。

礙於閱讀的樂趣，我無法在此對故事結局說太多，但各位看完小說時，可以再回想我在這裡說的，就知道，「雞皮疙瘩系列」跟遊戲之間，的確有類似性。換另一個角度來看，這些主角大多為青少年，他們在生活中碰到的問題，如搬家面對新環境、男生女生的尷尬期、霸凌、友誼等，都在故事過程一一碰觸。

「雞皮疙瘩系列」令人愛不釋手的原因，也在於表面上好像主角是鬼，但讀到一半，你會感覺到，故事的重點不知不覺地從這些鬼怪轉移到那些被追的青少年身上，鬼可不可怕不是重點，重點是被追的過程中，一些青少年生活中的苦悶，也被突顯放大，甚至在故事中被解決了。所以你會在某種程度感受到，這本書的內容是在講你，在講你的生活，在講你的世界，鬼的出現，只是把這些青春期的事件給激化了。

另一個有趣的現象，是從日常生活轉入魔幻世界的關鍵點，往往發生在父母不在身邊，然後主角闖入不熟識空間的時候——比如《魔血》是主角暫住到姑婆家、《吸血鬼的鬼氣》是闖入地下室的祕道、《我的新家是鬼屋》是新家的詭異房間……等等。

因爲誤闖這些空間，奇怪的靈異事件開始打斷平凡無趣的日常軌道，一段冒險展開了，一場你追我跑的遊戲開始進行，而父母們往往對此毫無所悉，不知道自己的兒女在故事結束時，已經有所變化，變得更負責任，更勇敢。

「雞皮疙瘩系列」的意義，也在這個地方。在平凡無奇充滿壓力的青春期校園生活中，有那麼多不快樂、有那麼多鬼怪現象在生活中困擾著我們，但這無法跟家長說，因爲他們不能理解，他們看不到我們看到的。但透過閱讀，透過想像力所引發的鬼捉人遊戲，這些不滿被發洩，這些被學校所壓抑的精力被釋放了。

幸好有這些鬼怪的陪伴，日子不再那麼無聊，世界可以靠自己的力量改變。

終究，在青少年的世界裡，鬼怪並不是那麼可怕，在史坦恩的小說中，也往往會有主角最後拯救了這些鬼怪的情形，彷彿他們不是惡鬼，而比較像誤闖人類世界的外星人……這也是青少年的焦慮，他們正準備降臨成人世界，這件事讓他們起了雞皮疙瘩！！

這句英文怎麼說

你的鞋帶掉了！
Your shoe's untied.

1.

「麥可，你的鞋帶掉了！」

我妹妹塔拉坐在前門的臺階上，咧著嘴笑，八成又在動什麼歪腦筋了。

我可不是白癡，我曉得最好不要低頭看我的鞋，否則她就會趁機打我下巴或什麼的。

我跟她說：「我才不會再上妳的當。」

媽媽剛剛叫我們兩個進屋裡吃飯，大概一個鐘頭前，她才因爲受不了我們打打鬧鬧，把我們趕出來的。

不過，要我不跟塔拉吵架實在不太可能。

說到捉弄人，塔拉絕對是不達目的絕不甘休。她說：「我沒開玩笑，你的鞋

帶掉了，你會絆倒！」

「你閉嘴，塔拉！」我一邊說，一邊爬上樓梯。

我的左腳好像黏在水泥上了，我用力一拔，「嗯！」踩到什麼黏黏的東西了。

我瞥了一眼塔拉，她是個瘦巴巴的小ㄚ頭，嘴巴又紅又寬，就像小丑的一樣，棕色的頭髮糾結在一起，綁成兩根辮子。每個人都說她長得跟我一模一樣，我最討厭人家這樣說了。

首先，我的棕髮沒有糾成一團，是濃密的短髮，而且我的嘴巴大小適中，從來沒人說我長得像小丑。

以我的年齡來說，我個子算小了一點，可是一點也不是瘦巴巴的樣子。

我和塔拉一點也不像。

她看著我咯咯的笑，用一種唱歌一樣的聲音說道：「你最好低頭看一下。」

我低頭看鞋子，鞋帶當然沒有掉，可是我踩到了一大團口香糖。要是我剛才低頭看鞋帶，就不會踩到口香糖了。

可是塔拉料定我不會低頭看鞋帶，而且也料定一旦她提醒我，我就更不會低

這句英文怎麼說

你覺得我會相信你的話嗎？
Do you expect me to believe that?

頭看。

我又被討厭鬼塔拉給耍了。

我咕噥的說：「塔拉，妳欠揍。」我跑去抓她，可是她已經逃進屋子裡去了，我追著她到廚房，她大聲尖叫躲到媽媽後面。

她大叫：「媽！讓我躲一下，麥可要抓我！」講得一副她很怕我的樣子，才怪！

媽媽罵我：「麥可．韋伯斯特！你不要再追著你妹妹跑了！」她瞥了我的鞋子一眼又說：「你鞋子上是口香糖嗎？麥可，你把地板上黏得到處都是口香糖了！」

我無辜的說：「是塔拉害我踩到的！」

媽媽皺起眉頭：「你覺得我會相信你的話嗎？麥可，你又在撒謊了。」

我大聲的說：「我沒有！」

媽媽一副很厭惡的樣子，搖搖頭說：「麥可，你要撒謊也得編得漂亮一點嘛！」

塔拉從媽媽背後探出頭來嘲笑我說：「對啊！麥可！」然後她就放聲大笑，她最愛這樣了。

她老是陷害我，而我爸媽老是爲了她陷害我的那些事罵我，可是塔拉呢？她曾因爲做錯事被罵過嗎？喔，從來沒有！塔拉是個完美的小天使，純眞得一點邪念都沒有。

我今年十二歲，塔拉七歲，都是她害我人生過去這七年變成黑白的。眞可惜前面那五年好日子我也不大記得了。不過我想塔拉還沒出現的時候，一定很棒，寧靜安詳，而且一定很好玩！

我到後陽臺去把鞋子上黏糊糊的口香糖刮掉，我聽到門鈴聲響，爸爸出聲說：「我來開門！」

屋子裡每個人都聚到了前門去。只見兩個人搬著重物進屋裡，那是一個長長窄窄的東西，還有灰色的布包著。

爸爸提醒他們：「小心點，這東西有點歷史了，搬到這裡來。」爸爸帶著那些搬運工人到書房裡去，他們把那個包裹放好，開始拆封。那個包裹大概跟我一

這句英文怎麼說

那是什麼？
What is it?

樣寬，比我高三十公分左右。

塔拉問：「那是什麼？」

爸爸沒有馬上回答她，他搓著手，很期待的樣子。

我們家的貓——布霸，偷偷溜進房間，在爸爸腳邊磨蹭。

灰色的布掀開以後，我看到一個很漂亮的老時鐘，鐘身大部分的地方是黑色的，可是漆上了很多銀色、金色、藍色的圖案，還有各式各樣渦形的、捲曲的、圓形的雕刻和裝飾。

時鐘的鐘面是白色的，有金色的指針，還有金色的羅馬數字。在上漆的圖案底下，有一個小暗門，時鐘的腰部還有一個大的門。

搬運工人把灰色的保護布收妥，爸爸付了錢，他們就走了。

爸爸讚嘆的說：「很棒，對不對？這是古董咕咕鐘，特價買的。你們知道我辦公室對面那家安東尼古董店？」

我們都點點頭。

老爸一邊拍拍那座鐘，一邊告訴我們：「這個鐘在店裡已經有十五年了，每次我經過那家店，就會停下來看看它。我一直很喜歡它。等了這麼久，安東尼終於降價了。」

塔拉說：「眞酷！」

媽媽說：「可是你不是跟安東尼討價還價好幾年了，他老是不肯降價，爲什麼現在又肯了？」

講到這裡爸爸整張臉都亮了起來：「今天我午餐時間走進店裡，安東尼跟我說，他發現這座鐘有一點小瑕疵，有地方有問題。」

我仔細看著鐘說：「哪裡？」

「他不肯說，可是你們兩個看得出來嗎？」

塔拉和我開始仔細研究那座鐘，想找出瑕疵在哪裡。時鐘上面的數字都沒問題，兩根指針都在，也都指在正確的地方，我看不出有任何刮傷或缺損的地方。

塔拉說：「我找不到哪裡有問題。」

我跟著說：「我也找不到。」

爸爸同意的說：「我也是，我不知道安東尼指的瑕疵是什麼。我跟安東尼說，

這句英文怎麼說

我找不到哪裡有問題。
I don't see anything wrong with it.

不管怎麼樣我還是想買這座鐘，他想說服我別買，可是我很堅持。如果那個問題小到我們看不出來，就表示沒什麼大不了的。何況，我真的很喜歡這座鐘。」

媽媽清了清喉嚨：「我不知道，親愛的，你覺得這座鐘真的適合擺在書房嗎？」從她的表情我看得出來，她並不像爸爸那麼喜歡這座鐘。

爸爸問：「那妳覺得還有哪裡適合放？」

「我想想……放車庫好了。」

爸爸笑笑說：「唉呀！妳又在開玩笑了！」

媽媽搖搖頭，她沒有開玩笑，可是她也沒有再說什麼。

爸爸接著說：「甜心，我覺得這座鐘擺在書房裡是再適合不過了。」

我看到鐘的右側面有一個鐘盤，金色的面板，看起來像個縮小的時鐘，可是只有一支指針。

鐘盤的外圍有一圈黑色的小數字，從一八〇〇，到二〇〇〇為止，那根細小的金色指針就指在其中一個數字：一九九五。

那根指針沒有動，在那個鐘盤底下有一個鈕，嵌在木頭裡面。

爸爸警告我：「麥可，不要碰那個鈕，那個指針指的是現在的年份，那個鈕是用來轉動，變更年份的。」

媽媽說：「那還眞有點笨，誰會忘記現在是哪一年？」

爸爸不理會她繼續說：「看，這座鐘是一八〇〇年製造的，所以指針從這裡開始，每年指針都會往前移一個刻度，顯示當年的年份。」

塔拉問道：「那爲什麼會停在二〇〇〇？」

爸爸聳聳肩：「我不知道，我猜做鐘的人可能無法想像公元兩千年來臨的樣子吧！或者可能他覺得這座鐘不會保存那麼久。」

我說：「也許他覺得地球會在一九九九年爆炸！」

爸爸說：「也有可能，反正，拜託不要去碰那個指針。事實上，我希望誰也不要去碰這座鐘，因爲它非常非常古老，非常非常細緻，好嗎？」

塔拉回道：「好的，爸！」

我也承諾：「我不會去碰它。」

媽媽指著鐘：「看，已經六點了，晚餐差不多……」媽媽的話被噹的一聲巨響打斷了。

時鐘上面的小門滑了開來，一隻小鳥飛了出來，那隻鳥的臉是我看過最邪惡的——而且朝我的頭上飛竄過來。

我大聲尖叫：「它是活的！」

這句英文怎麼說

我不會去碰它。
I won't touch it.

2.

「布穀！布穀！」

那隻鳥拍動黃色的羽毛，詭異的藍色眼睛瞪著我，「布穀、布穀」的叫了六次，然後跳回時鐘裡面，小門也關上了。

爸爸大笑著說：「麥可，那不是活的，可是看起來很像眞的，不是嗎？眞棒！」

塔拉嘲笑我：「你這隻大笨鳥，你被嚇到了！你怕咕咕鐘！」她還伸出手來捏我。

我大叫：「滾遠一點。」一邊推開她。

媽媽說：「麥可，別推你妹妹，你不知道自己有多壯，你會把她推傷的。」

這句英文怎麼說

我認為是真的。
I think it's true.

塔拉說：「是啊！麥可。」

爸爸一直欣賞著那座鐘，眼睛幾乎離不開了，他說：「我一點也不驚訝那隻鳥嚇到你，這座鐘很特別，是德國黑森林出產的，應該是有下過咒語的。」

我跟著說：「咒語？你的意思是魔法？是怎麼施法的？」

「傳說中，製作這座鐘的人有法力，他給這座鐘下了咒語。據說，如果你知道那個祕密，就可以用這座鐘回到過去。」

媽媽嘲笑的說：「是安東尼這樣告訴你的嗎？還眞是個賣老鐘的好方法，宣稱這座鐘有魔法！」

爸爸不想讓媽媽破壞他的興致，說道：「誰曉得，可能是眞的，不是嗎？」

塔拉說：「我認爲是眞的。」

媽媽責備的對爸爸說：「赫曼，我希望你不要跟孩子們講這些瘋狂的故事，這樣對他們不好，只會鼓勵麥可，他老是編故事，撒些小謊，講些不可能的故事，我覺得他都是從你那裡學來的。」

我馬上抗議：「我沒有捏造故事，我說的都是實話！」媽媽怎麼可以這樣說我呢？

爸爸說：「我覺得小孩子偶爾運用些想像力沒有什麼壞處呀！」

媽媽說：「想像力是一回事，說謊話、不老實又是另一回事。」

我眞是氣炸了！媽媽眞是不公平，最可惡的還是塔拉臉上勝利的表情。她生命的意義就是讓我難堪，我一定要永遠拆掉她的假面具。

媽媽走出書房說：「晚飯差不多好了，麥可、塔拉，去洗手。」貓咪跟著她出去。

爸爸警告說：「記得，誰也不准去碰那座鐘。」

晚飯的味道聞起來眞香，我朝浴室走去，經過塔拉身邊時，她重重的踩了我一腳。

我大叫：「噢！」

爸爸吼道：「麥可！不要那麼吵！」

「可是爸爸，塔拉踩我的腳。」

「沒那麼痛啦，麥可，她比你小那麼多。」

這句英文怎麼說

誰也不准去碰那座鐘。
No one touches the clock.

我的腳抽痛著，一拐一拐的走進浴室，塔拉跟在我後面，說道：「你眞是個小娃娃。」

我叫她閉嘴，心想，我怎麼會有這種全世界最糟糕的妹妹呢？

我們晚餐吃青花菜茄汁醬義大利麵。媽媽奉行無肉、低脂飲食的主張，這我是不介意，義大利麵可比我們昨天晚上吃的扁豆湯好太多了。

爸爸跟媽媽抱怨說：「你知道嗎？甜心，偶爾吃吃漢堡也不壞嘛！」

「我不覺得。」她不需要再多說，我們都聽過她對於肉類、脂肪和化學藥品的長篇大論。

爸爸在義大利麵上灑了厚厚的巴瑪乾乳酪，一邊說道：「書房好像應該暫時列爲禁地，我一想到你們兩個跑進去玩，然後弄壞那座鐘，我就難過。」

「可是爸，我今天晚上要在書房做功課，我正在寫一個交通運輸的報告，我要用裡面的百科全書。」我說。

爸爸問：「你不能把百科全書搬到房間去嗎？」

「整套？」

爸爸嘆氣道：「不，不大可能，好吧，你今天晚上可以用書房。」

塔拉說道：「我也要用百科全書。」

我沒好氣的說：「妳根本不需要。」

她只是想要在那裡玩，一邊吵我而已。

「我需要，我要讀有關淘金的資料。」

「妳又再瞎掰了，二年級才不用念淘金，那是四年級的課。」

「你又知道什麼？杜林老師現在就在教我們淘金。我們班比你們班優秀。」

媽媽說：「是啊，麥可，如果塔拉說她得用百科全書，你幹嘛跟她吵呢？」

我嘆口氣，把義大利麵塞到嘴裡。塔拉對著我吐舌頭。我知道實在沒有什麼好說的了，再說下去只是給自己惹更大的麻煩而已。

吃完晚飯後，我連拖帶拉的把書包搬進書房。塔拉還沒有出現，我想也許該趁她出現搗蛋之前，先做點功課。

我把書包裡面的書倒在爸爸書桌上，忽然看到那座鐘，實在不漂亮，說真的，還有點醜。可是我很喜歡看鐘上面那些奇形怪狀的裝飾品，好像這座鐘真的有魔

這句英文怎麼說

我也要用百科全書。
I need to use the encyclopedia, too.

法似的。

我想到爸爸說的那個瑕疵，很好奇到底是怎麼回事。是碰撞到的凹痕嗎？還是哪個齒輪的那個齒度不見了？或者是有油漆剝落？

我回頭看看書房的門口，布霸溜了進來，喵喵的撒嬌，我摸摸牠。爸媽還在廚房洗碗收拾。我想，如果我只是稍微看看那座鐘，應該是不會有事的。

我注視著那個標示年份的鐘盤，小心翼翼的不去碰到任何按鈕，手指頭沿著時鐘邊緣一條銀色的曲線撫摸著。

我瞥了鐘面上那個小門一眼，我知道布穀鳥就躲在那扇門後面，等著整點的時候跳出來。我不想再被那隻鳥嚇到一次，先看看時間比較保險，還有五分才八點。

鐘面下方，我看到另外一扇門，一扇大門，我摸了摸那個金色的門把。我很好奇這扇門裡面是什麼東西？這會兒四下無人，我偷偷看一下門裡面的東西應該沒關係吧。

我拉拉那個金色的門把，門卡住了，我更用力一點拉。

那個門忽然開了。
冷不防的，一個醜陋的綠色怪物從時鐘裡面跳了出來，我嚇得大叫一聲。
那個怪物一把抓住我，把我按到地上。

這句英文怎麼說

一點也不好玩！
It's not funny!

3.

我大聲尖叫：「爸！媽！快來救我！」

那個怪物舉起長爪子對著我，我把臉遮住，等著被痛宰。

那個怪物咯咯的笑，用爪子搔我癢，一邊說：「咕嘰咕嘰咕！」

我張開眼睛，是塔拉！塔拉穿上她的萬聖節服裝嚇我！

她笑得倒在地上，大叫：「你眞好嚇，你眞該看看我從時鐘裡面跳出來的時候，你臉上是什麼樣的表情！」

我大叫：「一點也不好玩！妳……」

噹。

布穀，布穀，布穀，布穀！

那隻鳥從時鐘裡面跳出來，又開始叫了。好吧，我承認那隻鳥又嚇到我了，可是塔拉有必要笑成那個樣子嗎？

爸爸站在門口，看著我們說：「發生了什麼事？」他指著鐘說：「那扇門爲什麼是開著的？麥可，我不是告訴過你不要去碰那座鐘？」

我大叫：「我？」

塔拉撒謊說：「他想要去抓那隻鳥。」

爸爸說：「我想也是。」

「爸，我沒有！塔拉才是！」

「夠了，麥可，我已經受夠了你每次做錯事都賴到塔拉身上，你媽媽大概說對了，也許我眞的太鼓勵你的想像力了。」

我大叫：「不公平，我一點也沒有想像力，我從來沒有撒謊！」

塔拉說：「爸，他在說謊！我進來的時候看到他在玩那座鐘，我還叫他不要玩。」

爸爸點點頭，完全相信他親愛的塔拉說的每一個字。

我還有什麼好說的，只有氣沖沖的跑回房間，用力關上門。

塔拉是全世界最討厭的人，她從來不會挨罵，還把我的生日給搞砸了。

我的生日是三天前，通常大家都喜歡過生日，應該要很好玩的，不是嗎？

對我來說卻不是。塔拉把我的生日搞成了我生命中最悲慘的一天，或者說最悲慘的那幾天之一。

首先，她破壞了我的禮物。

我感覺得到爸媽對送禮物這件事顯得興奮無比，媽媽就像隻小雞般的蹦蹦跳跳，又不停的說：「麥可！不要到車庫去，不管怎麼樣，就是不要到車庫去！」

我知道她把我的禮物藏在車庫，為了整她，我故意問：「為什麼不行？為什麼我不能到車庫去？我房間門的鎖壞掉了，我得去借爸爸的工具……」

媽媽大叫：「不行，不行！叫你爸爸去修，他會去拿工具，你不可以去！因為……因為裡面有一堆垃圾，很臭，真的很臭，你會昏倒。」

很悲哀吧？她還覺得我從爸爸那裡學來「想像力」！

我答應她：「好吧，媽，我不會去車庫。」

這句英文怎麼說

我想也是。
I thought so.

我也眞的沒去——儘管我房間的鎖是眞的壞了，我也不想破壞他們爲我設計好的驚喜。

那天下午他們替我安排了一個盛大的生日派對，很多同學要來參加，媽媽烤了蛋糕，做了點心，爸爸在屋子裡跑來跑去，安排桌椅，掛上彩色縐紋紙。

我問道：「爸，你能不能幫我修修門鎖？」

我重視我的隱私，而且我需要上鎖。塔拉一個星期前把鎖弄壞了，因爲她想用跆拳道把門踢倒。

爸爸說：「當然，麥可，你說什麼都好，今天你可是大壽星！」

「謝謝！」

爸爸拿著工具箱上樓去修鎖，塔拉在餐廳閒逛惹麻煩，等爸爸一走，她就把彩色紙拉下來，丟在地上。

爸爸修好鎖以後，把工具箱拿回去車庫，他經過餐廳的時候看到地上的彩色紙。他喃喃的說：「爲什麼這彩色紙老黏不好？」他把彩色紙黏回去。幾分鐘後，塔拉又去扯了下來。

這句英文怎麼說

那堆恐怖的垃圾怎麼辦？
What about the horrible trash?

我跟她說：「我知道妳在打什麼歪主意，妳不要在我的生日上搞破壞！」

「我才不用搞破壞，今天本來就不是什麼好日子——就是因爲你在這天出生的。」她還裝出一副害怕得發抖的樣子。

我不理她，那可是我的生日，誰也不能阻止我好好的過生日，即使是塔拉也一樣。那是我當時的想法。

大概在派對前半個小時，爸和媽把我叫到車庫去。我假裝相信媽媽的鬼扯，問道：「那堆恐怖的垃圾怎麼辦？」

媽媽咯咯的笑：「那個喔，是我掰的啦！」

「眞的嗎？哇！聽起來很像眞的耶。」

「如果你相信那種鬼話，你一定是笨蛋。」塔拉接著說。

爸爸打開車庫門，我走進去，裡頭有一輛全新的二十一變速腳踏車，是我好久好久就想要的腳踏車。而且是我見過最酷的腳踏車！

媽媽問：「你喜歡嗎？」

我大叫：「好喜歡！太棒了！謝謝！」

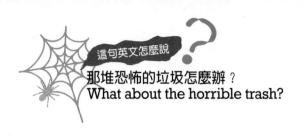

「真酷的腳踏車，麥可！」塔拉說：「媽媽，我生日的時候也要一輛！」

我還沒來得及阻止她，塔拉就爬上了我新腳踏車的座椅，我大叫：「塔拉！下來！」

她不聽，想要伸腳踩踏板，可是她的腿不夠長，腳踏車倒了下來。

「塔拉！妳有沒有受傷！」媽媽大叫，跑到那個小混蛋的旁邊。

塔拉站起來拍拍身體，說道：「我還好，可是膝蓋摔傷了。」

我抬起腳踏車檢查，發現車子已經不那麼黑的發亮了，車身中間的金屬桿上有一大道白色的刮痕。根本就毀了。

「塔拉，妳毀了我的腳踏車。」

「別誇張了，麥可，只是條刮痕而已。」爸爸說。

媽媽問我：「難道你都不關心你妹妹嗎？她可能受傷耶！」

「那是她自己的錯！她本來就不應該先去碰我的腳踏車。」

爸又說：「麥可，你得好好學學怎麼做個好哥哥。」

他們有時候真是把我給氣死了！

這句英文怎麼說

生日快樂！
Happy birthday.

媽媽說：「我們進去吧，你的朋友就要到了。」

我本來想，生日派對應該會讓我覺得好過一點，畢竟派對上會有蛋糕、禮物，還有我的好朋友，哪裡會有問題呢？

剛開始還好，我的朋友一個接一個到來，他們都帶了禮物給我。我邀了五個男生，大衛、約許、畢麥可、亨利，還有拉斯；三個女生，西西、羅絲，還有夢娜。

我對西西和羅絲沒什麼感覺，可是我真的很喜歡夢娜，她有一頭長長、閃亮的棕髮，可愛的翹鼻子。她長得高高的，籃球還滿厲害的，有一種很酷的氣質。

西西和羅絲是夢娜最要好的朋友，我想邀夢娜，就得邀她們兩個，她們三個到哪裡都在一起。

西西、羅絲和夢娜同時到我家，她們脫掉外套，夢娜穿著一件粉紅色的吊帶褲，裡面是白色的高領毛衣，看起來很漂亮，我完全沒注意其他女生穿什麼衣服。

她們在門口一起大聲說：「生日快樂！麥可！」

「謝謝！」

她們輪流給我禮物，夢娜的禮物是小小扁平的銀色紙包，我猜可能是CD，可是哪一張呢？像夢娜這樣的女孩會送我這樣的男生什麼樣的ＣＤ呢？

我把那些禮物放在客廳一堆禮物的上面。大衛問道：「嘿！麥可，你爸媽送你什麼禮物？」

我裝酷的說：「只是輛腳踏車啦，二十一變速的。」

我放ＣＤ來聽，媽媽和塔拉端了三明治進來，媽媽回到廚房，可是塔拉留了下來。

夢娜說：「你妹妹好可愛。」

「妳認識她之後就不會再這麼想了。」我喃喃的說。

夢娜說：「麥可！別那樣說她嘛！」

塔拉告訴她：「他是個壞哥哥，他老是對我大吼大叫。」

「我沒有！滾一邊去，塔拉！」

她朝我吐舌頭說道：「才不要！」

夢娜說：「讓她待在這裡，麥可，她又不會礙到誰。」

塔拉尖聲尖氣的說道：「嘿，夢娜，妳知道嗎？麥可喜歡妳。」

這句英文怎麼說

我能說什麼呢？
What could I say?

夢娜眼睛瞪得大大的，說道：「眞的嗎？」

我的臉馬上變得火紅，我瞪著塔拉，我眞想當場掐扁她，可是沒辦法，現場有太多目擊者了。

夢娜放聲大笑，西西和羅絲也跟著笑。還好，那些男生沒聽見。他們在音響旁邊，選著歌聽。

我能說什麼呢？我眞的喜歡夢娜，我又不能否認，那樣會傷害她自尊的，可是我也沒辦法承認。

我眞想去死，眞希望能找個地洞鑽進去。

夢娜大叫：「麥可，你的臉好紅喔！」

拉斯聽到這句話說道：「韋伯斯特先生現在做了什麼事呢？」

有幾個男生叫我韋伯斯特先生。

我抓住塔拉，把她拖到廚房，夢娜的笑聲還在我的耳朵裡響著。

我低聲說：「塔拉，謝謝妳了，妳爲什麼非得跟夢娜說我喜歡她？」

「那是眞的，不是嗎？我都是說實話的。」

「喔，是喔！」

媽媽打斷我：「麥可，你又在欺負塔拉了嗎？」

我沒回答她就衝出廚房了。

我回到客廳以後，約許跟我說：「嘿！麥可，我們去看看你的新腳踏車吧。」

我心想：好耶，這是離開那些女生的好方法。

我帶著他們到車庫去，他們瞪著腳踏車，面面相覷的點頭，他們真的很驚訝，然後亨利抓住手把問道：「嘿！這是哪來的大刮痕？」

我解釋說：「我知道，都是我妹妹！」

我沒再說下去，只是搖搖頭，說這些又有什麼用呢？

我提議：「我們回去拆禮物吧！」

我們一群又回到客廳，我心想，至少我還有很多禮物，塔拉可破壞不了這些。

可是塔拉總是有她的辦法。

等我回到客廳，我看到塔拉坐在一堆打開的包裝紙中間，羅絲、夢娜、西西圍在她旁邊看。

這句英文怎麼說

看看夢娜送你什麼！
Look what Mona gave you!

塔拉把我收到的所有禮物都拆開來了。

塔拉，謝謝妳了。

她扯開最後一樣禮物，是夢娜送的。

塔拉大叫：「麥可，看看夢娜送你什麼！」是張ＣＤ。

塔拉嘲笑的說：「我聽說裡面有好幾首很棒的情歌呢！」每個人笑了起來，他們覺得塔拉很有趣。

後來，我們就要一起圍坐在餐廳吃蛋糕和冰淇淋了。我自己端著蛋糕，媽媽跟在我後面拿盤子、蠟燭和火柴。

這是我最愛的蛋糕，我最愛的巧克力。

我小心的端著蛋糕，穿過廚房門走進餐廳。

我沒看到塔拉躲在靠牆的地方，也沒看到她把她那可惡的小腳伸出來。我被她的腳絆到，蛋糕從我手中飛了出去。

我摔在蛋糕上面，不用說，臉朝下。

有些人嚇了一跳，有些人努力忍住笑聲，我坐起來把眼睛上面的咖啡色糖霜抹掉，我看到的第一張臉是夢娜的臉，她笑得花枝亂顫。

媽媽靠過來罵我：「搞什麼？麥可，你怎麼不看看路呢？」

我聽著他們的笑聲，看著毀了的蛋糕，這下子我沒有蠟燭可以吹了，可是沒關係，我還是會許願的。

我希望我這次的生日能重新來過。

我站起來，身上都是咖啡色的蛋糕，朋友們都在大笑。

羅絲大叫：「你看起來好驢喔！」

每個人笑得更大聲了，我的生日派對上每個人都很開心，除了我以外。

我的生日過得眞糟糕，非常糟，可是毀了我的生日還不是塔拉對我所做過最可怕的事。

沒人會相信最糟糕的事是什麼。

這句英文怎麼說

除了我之外。
Except for me.

4.

那是我生日前一個星期的事，夢娜、西西和羅絲到我家來，我們三個要在學校戲劇課演戲，打算在我家綵排。

這齣戲是新版的青蛙王子，夢娜演公主，西西和羅絲演她那兩個笨姊姊。我覺得眞是完美的選角。

我演青蛙，也就是公主親了以後會變王子的青蛙。不知道爲什麼，我們的戲劇老師不讓我演王子，而由約許演王子。

反正，我告訴自己，青蛙是比較好的角色，因爲夢娜公主會去親青蛙，不是那個王子。

那些女生馬上就要到了。

塔拉坐在書房的地毯上，虐待著我們的貓——布霸。布霸討厭塔拉的程度跟我差不多。

塔拉從後腳把布霸抓起來，要讓牠倒立，布霸掙扎的叫著逃走，可是塔拉又把牠抓回來，又讓牠倒立一次。

我叫她：「塔拉，不要那樣。」

塔拉說：「爲什麼？很好玩啊！」

「妳會把布霸弄痛。」

「不，我才不會，牠很喜歡，不是嗎？你看，牠在笑。」她把布霸的後腳放掉，一隻手抓住牠的前腳，另外一隻手把牠的嘴角往上拉，擠出一個痛苦的微笑。布霸想要咬她，可是沒咬到。

我說：「塔拉，讓牠走吧，妳也出去，我的朋友就要來了。」

「不要！」這會兒塔拉又想要布霸用前腳走路，結果布霸摔倒，還撞到鼻子。

我大叫：「塔拉，不要再玩了！」我要把貓救走的時候，她就放手了。布霸喵喵叫，抓了我的手臂。「噢！」我把布霸放下，牠就跑掉了。

這句英文怎麼說

我要上樓去躺一下。

I'm going upstairs to lie down for a while.

媽媽站在門口說道：「麥可，你剛剛對那隻貓做了什麼事？」布霸從她身邊溜進大廳。

「沒有！牠抓我！」

媽媽罵道：「別惹牠牠就不會抓你了。」媽媽一邊走開，一邊說道：「我要上樓去躺一下，頭好痛。」

門鈴響了，我大叫：「媽！我去開。」

我知道是那些女生在按門鈴，我想要穿上青蛙裝給她們一個驚喜，可是我還沒搞定。

我跟那個小搗蛋說：「塔拉，快去開門，跟夢娜和其他人說，在書房等我一下，我馬上好。」

塔拉說好，然後慢慢的晃到前門去，我趕忙上樓換上我的服裝。我把戲服從衣櫥裡拉出來，脫掉褲子和襯衫，再把青蛙裝拿起來，想要拉開拉鍊，可是拉鍊卡住了。

我穿著內衣褲站在那裡，拉著拉鍊，我的房門忽然被一腳踹開。我聽到塔拉說：「女士們，他就在這裡，他叫我帶你們上樓。」

我心想：完了！拜託千萬別是真的！我不敢抬起頭來看，我知道我眼前會是什麼景象。

門敞開著，夢娜、西西、羅絲和塔拉，瞪著穿著內衣褲的我！

我逼自己轉過頭來看，比我想像的還悲慘，她們都站在那裡，眼睛瞪得大大的，還笑得很開心！

塔拉笑得最大聲，笑得像隻惡劣的土狼一樣。

你覺得這樣已經很慘了嗎？等著看，還有更糟的在後頭。

在內衣慘劇的前兩天，我放學以後四處閒逛，跑到體育館跟約許、亨利和其他男生，包括凱文．佛勞斯一起打籃球。

凱文籃球打得很好，又高大強壯，他幾乎是我的兩倍高！他很愛籃球，杜克大學的藍魔鬼隊是他最喜歡的籃球隊，他每天都帶著藍魔鬼的帽子去上學。

我們在射籃的時候，我忽然看到塔拉在場邊閒晃，就是我們把外套和書包丟

這句英文怎麼說

通通不許動！
Nobody move!

在牆邊的地方。

我有一種不好的預感，每次塔拉出現，我就有這種感覺。我很好奇，她在那裡做什麼？

也許她的老師要她放學以後留下來，等著我陪她走路回家。她只是要我分心而已，我告訴自己，不要讓她得逞，不要想她，專心在球賽上面。

感覺眞好，球賽結束之前我投進了好幾球，而且我們這邊贏了，因爲我們有凱文。

我們一起到牆邊去拿書包，這時塔拉已經不見了。奇怪，我心想，我猜她自己回家了。我拿起書包背到肩膀上，說：「明天見了，各位。」

「通通不許動！」凱文的聲音隆隆的在體育館裡迴響。

我們全都靜止不動。

他問：「我的帽子呢？我的藍魔鬼帽子不見了！」

我聳聳肩，我才不曉得他那頂呆帽子跑到哪裡去了。

凱文堅持的說：「有人偷走我的帽子，我們找到之前所有人都不許離開。」

他抓著亨利的書包，開始搜，每個人都曉得亨利有多愛那頂帽子。

可是約許指指我說：「嘿！露在韋伯斯特書包外面的那個東西是什麼？」

我大叫：「我的書包？」我回頭看我的肩膀，看到一個藍色的東西從包包拉鍊口袋裡面跑出來。

我覺得胃糾結了。

我堅持的說：「我不知道帽子怎麼會跑到我這來的！凱文，真的，我發誓……」

凱文完全不聽我的解釋，他從來就不是會聽人講話的人。

我就別跟你說我怎麼被K得皮開肉綻了。我只能說，凱文在解決我之後，我身上的衣服好像就不大合身了。

約許和亨利幫忙扶著我回家，媽媽根本不認得我，我的眼睛、鼻子和下巴都換了位子。

等我到浴室清洗時，我從鏡子裡看到塔拉，她臉上那個邪惡的笑容說明了一切。我大叫：「妳！都是妳把凱文的帽子放在我的書包，對不對！」

這句英文怎麼說

我以為是你的。
I thought it was yours.

塔拉只是笑著。沒錯，就是她。

我質問她：「爲什麼？塔拉，爲什麼妳要這麼做？」

塔拉聳聳肩，一臉很無辜的表情說道：「那是凱文的帽子嗎？我以爲是你的。」

「妳說謊！我從來不戴藍魔鬼隊的帽子，妳也知道，妳是故意的！」

我實在太生氣了，氣得不想再看到她。

我碰的一聲把浴室門關上。當然我又因爲大聲關門被罵了。

現在你該知道我被迫與什麼樣的人生活在一起了。

現在你曉得爲什麼我會做出那麼糟糕的事了。

任何跟我有同樣處境的人都會這樣做的。

5.

那天晚上我在房間裡努力的想，如何設計個陷阱，讓塔拉吃不了兜著走。

可是我什麼也想不出來，我想破了頭，但想不出什麼夠好的主意。

然後時鐘就出現了。幾天後，塔拉做了件事情讓我想到一個辦法。

塔拉對那座咕咕鐘著了迷。有一天下午，爸爸逮到塔拉在玩時鐘的指針，當然啦——那個甜蜜的小塔拉沒有眞的挨罵。可是爸爸還是告訴她：「我會好好看著妳，小姐，不可以再去玩時鐘。」

老天有眼！我想。終於爸爸開始發現塔拉不是個完美的天使，終於我找到了能讓塔拉被處罰的方法。我知道如果時鐘出了什麼差錯，塔拉一定會因此挨罵的。所以我打定主意，一定得讓時鐘出個什麼差錯才行。

這句英文怎麼說

我會好好看著你。
I've got my eye on you.

誰叫塔拉對我做過那麼多可惡的事，她應該遭到報應。所以如果她真的因爲沒有做過的事情被罵，那也不過算是扯平了而已。

那天晚上，所有人都睡著以後，我偷偷溜到樓下書房去。

時間已近午夜，我爬到時鐘旁邊等著。

剩下一分鐘。

三十秒。

十秒。

六、五、四、三、二、一……

鐘聲響起。

布穀！布穀！

那隻黃色的鳥跑出來了，我在它叫到一半時就抓住它，它還發出短短、掙扎的聲音。

我把鳥頭轉了個一百八十度，變成向後，看起來真好笑。

那隻鳥最後還是叫了十二次，頭朝著錯誤的方向。

我暗自偷笑，等爸爸看到，他一定會氣得跳起來的！

布穀鳥縮回去小窗戶裡面，頭仍然是朝後的。

這肯定會讓爸爸抓狂，我邪惡的想著。

他會對塔拉很生氣，他會像火山爆發一樣，然後，塔拉終於會體會到因爲沒有做過的事被罵是什麼樣的感覺。

我爬回樓上，不發出一點聲響，沒有人看到我。

那天晚上我心滿意足的睡著了，再也沒什麼事比復仇更令人快樂的了。

第二天早上我睡過頭了，很晚才起床。我等不及要看爸爸對塔拉發飆，只祈禱別錯過這一幕了。

我急忙下樓，看了一下書房，門是開著的，沒有人在裡面，還沒有火藥味。

我心想：很好，我還沒錯過。

我走到廚房，肚子好餓。媽媽、爸爸和塔拉圍坐在餐桌旁，旁邊是一疊空的早餐盤。

他們一看到我眼睛就亮了起來，一起大叫：「生日快樂！」

這句英文怎麼說

你不想來點特別的嗎？
Don't you want something special?

「很好笑，」我打開櫃子，沒好氣的說：「還有沒有麥片？」

媽媽說：「麥片？你不想來點特別的嗎？比如說煎餅？」

我搔搔頭：「好啊，當然，有煎餅當然很好。」

這實在有點奇怪，通常我如果起得太晚，媽媽會叫我自己弄早餐吃，現在爲什麼我還有特別的東西可以吃？

媽媽邊做煎餅麵團，邊說道：「麥可！別到車庫去，不管怎麼樣，都別到車庫去！」她很興奮的跳來跳去，好像我的生日又到了一樣。

眞奇怪！

媽媽又說：「裡面有一大堆垃圾，很臭，眞的很臭，你進去會昏倒！」

我問道：「媽，這又是什麼垃圾故事？我從來就不相信啊！」

她又重複的說：「別去車庫就是了！」

爲什麼她會這樣跟我說？爲什麼她變得這麼奇怪？

爸爸先站起來說：「我還有些重要的家事要做。」一副有點奇怪，卻又很高興的樣子。

我聳聳肩，試著定下心來吃早餐。可是吃過早餐以後，我經過餐廳，居然有人用彩色紙裝飾餐廳，而且有一條被拉下來了。

眞奇怪，太詭異了。

爸爸回到屋子裡，手上拿著工具箱，他把掉到地上的彩色紙撿起來，重新黏回去。他還自問著：「爲什麼這些彩色紙老是黏不住？」

我問：「爸，爲什麼你要在餐廳黏上彩色紙？」

爸爸微笑說：「當然是因爲今天是你生日呀！每個生日派對都要有彩色紙的，我猜現在你一定等不及要去看你的禮物了吧，對不對？」

我瞪著他看。

這是發生什麼事了？

6.

爸跟媽走在我前頭到了車庫，塔拉在後面跟著，他們看起來一副好像真的要送我生日禮物的樣子。

爸爸打開車庫門。

禮物出現了，就是那輛腳踏車。

腳踏車閃亮如新，完全沒有刮痕。

我心想：這大概就是他們說的那個驚喜了。他們還是想辦法把那條刮痕弄掉了，或者——難道他們又買了一輛新腳踏車給我嗎？

媽媽問：「喜歡嗎？」

「太棒了！」我回答。

這句英文怎麼說

太棒了！
It's awesome!

「麥可，好酷的腳踏車喔，」塔拉跟著說：「媽，我生日也要一輛！」

然後她就跳上車，腳踏車倒下來壓到她，我們把車移開的時候，車上又有一條大刮痕了。

媽媽大喊：「塔拉！妳有沒有怎麼樣？」

我不敢相信，這是個惡夢！

所有的事情全部重新來過，我的生日發生的事全部都重來一次了！

這是怎麼回事？

「怎麼回事？麥可，你不喜歡你的新腳踏車嗎？」爸爸問我。

我能說什麼？我覺得頭很暈，頭腦一片混亂，然後忽然靈光一閃，一定是我許的願，我的生日願望。

塔拉把我絆倒，我摔到蛋糕上面的時候，我曾許了願，希望能回到過去，再過一次生日。我想，是我的願望成真了吧。

哇！真酷耶！

媽媽說：「我們進去吧，客人快要來了。」

這句英文怎麼說

這是個惡夢！
What a nightmare!

派對？

不會吧，拜託，不要！

難道我要重新過一次那個羞辱的派對嗎？

7.

沒錯，我又得重新溫習一次那些惡夢。

我的朋友們一個個的出現，就跟第一次一樣。

我聽到塔拉說了那些可惡的話：「嘿，夢娜，妳知道嗎，麥可喜歡妳。」

夢娜說：「眞的嗎？」

我心想：夢娜，妳已經聽過這些話了，塔拉四天前就告訴過妳了。妳就站在一樣的位子，穿同樣那件粉紅色吊帶褲。

夢娜、西西和羅絲笑成一堆。

我開始緊張了，我可不想再過一遍生日。

媽媽走進來，拿汽水給我們喝，我趕緊抓住她，求她：「媽，拜託把塔拉一

這句英文怎麼說

你想太多了。
You're being silly.

起帶出去，或把她關在房間裡！」

「爲什麼？麥可，你妹妹也想開心一下呀！」

「媽！我求妳！」

「麥可，你想太多了，對妹妹好一點，她又不會礙到你，她只是個小女孩而已。」

媽媽走出去，把我跟朋友們，還有塔拉困在這裡。

她救不了我。

沒人救得了我。

我跟朋友現了新腳踏車，亨利說：「嘿！哪來的刮痕啊？」

等我們回到客廳，塔拉已經把我所有的禮物拆開來了，還大叫：「麥可！快看夢娜送你什麼！」

我知道我知道，是ＣＤ，還是張裡面有很多情歌的ＣＤ。

塔拉又說了一次：「聽說這裡面有好幾首很棒的情歌耶！」

大家都笑了，我還是落得跟上次一樣像個笨蛋。

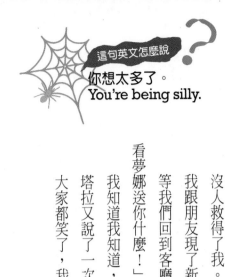

不對，是更慘，因爲我知道接下來會發生什麼事，而且還不能阻止這些事發生！

有可能阻止嗎？

媽媽在叫了：「麥可，快進來廚房拿生日蛋糕！」

我想，該來的終於來了。

我慢吞吞的走進廚房。

等一下我會拿著蛋糕出來——可是這次我不會摔倒了。

我知道塔拉會絆倒我，可是我不會讓她得逞的。

這次我不會再出糗了。

爲什麼非得出糗？我不會讓每件事重蹈覆轍！

我會嗎？

這句英文怎麼說

我站在廚房，瞪著蛋糕看。
I stood in kitchen, staring at the cake.

8.

　　我站在廚房，瞪著蛋糕看，聽得到我的朋友們在客廳裡的談笑聲，塔拉也在那兒。

　　我曉得她就躲在餐廳門後面等著，等著伸出腳來絆倒我，等著看我整張臉摔到蛋糕上面，讓我再丟一次臉。

　　這回我可不上當了。

　　我小心翼翼的兩手端起蛋糕，開始往餐廳的方向移動。跟上次一樣，媽媽跟在我背後。走到餐廳門口的時候我停了下來，往下看，沒看到塔拉的腳。

　　我小心翼翼，眼觀四面，跨過門檻。

　　到目前爲止，還算順利。

再一步，我已經站在餐廳裡面了。我成功了！接下來只要再走五步到餐桌前面，我就安全了。

我往前跨一步，再一步。

忽然覺得有人拉我的腳。

塔拉從桌子底下伸出手來！

原來她是藏在桌子底下，我現在知道了，可是遲了。

接下來發生的事就好像夢裡一樣的慢動作。

我聽到一聲奸笑，她抓住我的腳，噢！不會吧！又跟上次一模一樣！

我站不穩往前摔下去，摔下去的時候我還轉頭看了一下。

塔拉就坐在桌子底下，對著我得意的笑。

我真想掐扁她。

不過我得先摔到蛋糕上面。蛋糕從我手上飛出去，我趕緊回過頭來。

啪！

每個人都笑得喘不過氣來。我坐直起來，把糖霜從眼睛抹開，看見夢娜靠在

這句英文怎麼說

我聽到一聲奸笑。
I heard an evil giggle.

餐桌上，笑得比誰都大聲。

第二次比第一次更丟臉。

我坐在地上，臉上都是蛋糕，心裡想著，爲什麼我這麼笨？

爲什麼要許那個願？

我再也不要許願了。

我把自己清乾淨，好不容易熬到派對結束，等我晚上躺到床上的時候，我心想，至少這一天結束了。

關上燈，蓋上棉被，我又告訴自己，至少今天又結束了，只要睡一覺醒來，一切就恢復正常了。

我閉上眼睛很快就睡著了，可是整個晚上，我一直作夢，夢中那可怕的生日派對的情景，不斷的重複出現。

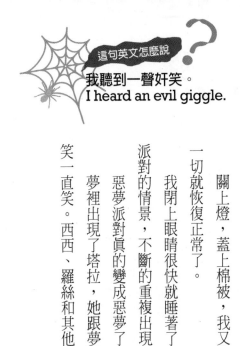

惡夢派對眞的變成惡夢了。

夢裡出現了塔拉，她跟夢娜說我喜歡她。夢娜的臉在夢裡面變得好大，一直笑一直笑。西西、羅絲和其他男生一直看著我大聲的笑。我反覆不停的摔倒，臉重重的砸在蛋糕上面。

我翻來覆去，每個夢都比上一個更可怕。不久，我的朋友們看起來都變成怪物了，塔拉是裡面最恐怖的一個，她的樣子糊成一團，只是不停的嘲笑我。

我告訴自己，快起床，快起床！

我拚了命把自己從惡夢裡面給拖出來，從床上坐起來，一身冷汗。

天色還很暗，我看了一下時鐘，凌晨三點。

我覺得自己很悲慘，再也睡不著，更沒辦法鎮定下來。

我得告訴爸媽到底發生什麼事，他們也許幫得上忙。

也許他們能讓我覺得好過一些。

我爬下床，急急忙忙下樓，到他們房間去，他們房門沒關緊，還有一條縫。

我推開門，「爸、媽！你們睡著了嗎？」

爸爸翻了個身來，咕噥了一聲：「什麼？」

我搖搖媽媽：「媽！」

媽媽動了一下，低聲說：「怎麼了？麥可？」

這句英文怎麼說

快起床！
Wake up!

她坐起來，一邊伸手拿床邊的鬧鐘。鬧鐘發出淡藍色的夜光，我看到媽媽瞇著眼睛想看清楚時間。

她大聲說：「三點耶！」

爸爸猛的坐了起來，氣呼呼的說：「啊？什麼？」

我小聲的說：「媽！妳得聽我說，妳沒發現今天發生很奇怪的事嗎？」

「麥可，你在搞什麼……」

我拚命解釋：「我的生日呀！塔拉毀了我的生日，我那時候許願說，想要讓我的生日重來，我要重新過一個好一點的生日，結果沒想到這個願望眞的實現了！今天又變成我的生日了！所有事情都跟上次一模一樣，實在太恐怖了！」

爸爸揉揉眼睛：「又是你！麥可？」

媽媽拍拍他說道：「繼續睡吧，老公，麥可做惡夢了。」

我大叫：「媽！我沒有，這不是夢，是眞的，我過了兩次生日！妳兩次都在，妳聽不懂嗎？」

媽媽不耐煩的說：「聽著，麥可，我知道你很期待你的生日，可是還有兩天才到你的生日，只剩下兩天而已，然後就是你的生日了，知不知道？趕快回去睡覺。」

她親親我，跟我說晚安：「再兩天就是你生日囉！晚安。」

這句英文怎麼說

離我生日還有兩天？
Two days until my birthday?

9.

我拖著沉重的腳步回到床上，覺得頭好暈。

離我生日還有兩天？

我不是已經過過生日了嗎？而且還過過兩次呢。

我打開檯燈，注視著手錶上面的日期，上面顯示著二月三日。

我生日是二月五日，還有兩天。

眞的嗎？時間往回走了嗎？

不會吧？我一定瘋了。

我用力甩甩頭，打了自己幾巴掌。回到過去？這想法可眞是可笑。

不可能嘛！你得保持清醒，麥可。

我的確是許了個願說要再過一次生日——一次而已。

我可沒許願說下半輩子要一直重複過我的十二歲生日。

再說，如果時間眞的往回走，爲什麼現在是我生日的兩天前？爲什麼不是前一天晚上？

我心想，也許時間眞的往回走，也許這跟我的願望一點關係也沒有。

可是那爲什麼會有這種事發生在我身上呢？

我想破了頭。有了！

那個時鐘，爸爸的咕咕鐘。

我把那隻鳥的頭往後轉……然後上床睡覺……醒來以後，時間就是往後走的了。

是因爲這樣嗎？眞的是因爲我做的事嗎？

爸爸的咕咕鐘眞的有魔法嗎？

也許我不該把那隻笨鳥的頭朝後面轉。我想要陷害塔拉，結果害到我自己。

好吧，如果就是這麼回事，那容易辦。

這句英文怎麼說

我想破了頭。
I racked my brains.

我下樓去把鳥的頭轉回來就是。

我躡手躡腳的下樓，爸媽應該已經又睡著了，不過還是別心存僥倖比較好。

我可不想被老爸逮到玩他的寶貝鐘。

我踩著前廊冰冷的磁磚地板，偷偷溜進了書房，打開一盞檯燈。

我環視整個房間。

咕咕鐘不見了！

10.

「不會吧！」我大叫。

鐘被偷了嗎？

如果鐘不見了，那我要怎麼讓所有的事恢復原狀？怎麼把鳥頭轉回前面，讓時間繼續往前走？

我衝上樓去，現在我可不在乎會把誰吵醒了。

我衝進爸媽的房間，用力把媽媽搖醒，一邊大吼：「爸！媽！」

「做什麼？麥可？」她聽起來很生氣的樣子，「現在是半夜，我們要睡覺！」

心想，讓他們去生氣好了，這可是十萬火急的事。

「咕咕鐘！咕咕鐘不見了！」

爸爸轉過來：「啊？你在說什麼？」

媽媽安慰我：「麥可，你又做惡夢了。」

「我沒有做惡夢，媽！是真的，妳自己下樓去看，書房裡已經沒有咕咕鐘了！」

媽媽這回語氣很堅定：「麥可，你聽我說，那是夢，我們沒有咕咕鐘，從來沒有過。」

我搖搖晃晃的往後退。

「你只是作夢，做了個惡夢。」

「可是爸爸買了……」我停住，我現在懂了。

這天是二月三日，我生日的兩天前。

是爸爸買那座咕咕鐘的五天前。

時間在往回走。這時候，爸爸還沒買那座咕咕鐘。

我開始覺得恐怖了。

媽媽又說：「麥可，你還好嗎？」她下床來，伸出手背摸著我的額頭。

「好像有點發燒。」她變得比較溫柔了，因爲她開始以爲我生病了：「來，回到床上去，你發燒了，所以才會一直做惡夢。」

爸爸咕噥的說：「什麼？生病了？」

媽媽輕輕的說：「赫曼，我來就好，你繼續睡。」她帶我回房間，要我躺到床上。她以爲我生病了。

可是我知道事情的眞相，是我把時間變成往回走的，現在時鐘卻不見了。我該怎麼善後呢？

第二天早上我下樓吃早餐的時候，爸、媽、塔拉都已經吃飽了。

爸爸說：「麥可，快點，上學要遲到了。」

現在上學遲到已經不是什麼了不起的大事了。我拜託爸爸：「爸，拜託你等一下，一分鐘就好，很重要的事。」

爸爸不耐煩的坐下來，問道：「什麼事？」

我又問：「媽，妳有沒有在聽？」

這句英文怎麼說

上學要遲到了。
You'll be late.

「當然。」她把牛奶放回冰箱，急忙的擦著櫥櫃。

我說：「這聽起來可能有點奇怪，可是我不是在開玩笑。」

我停頓了一下，爸爸等著我繼續說，他臉上露出一副我又要說什麼蠢話的表情。我也真的說了蠢話。

「爸！時間在往回走，我每天早上起床就發現我在過昨天的前一天！」

爸爸的臉拉了下來：「麥可，你的想像力真好，可是我已經要遲到了，可以等我晚上下班再跟我說嗎？要不然你寫下來也可以，你知道我最愛看科幻小說了。」

「可是爸……」

媽媽說：「貓餵了沒？」

塔拉說：「我餵了，雖然那應該是麥可的工作。」

媽媽說：「謝謝塔拉囉！上路吧！」

媽媽把我們趕出門的時候，我隨手抓了個蛋糕。

趕到學校的途中，我想到，他們現在根本沒時間聽我講什麼，等晚上吃晚餐的時候時間比較多，就可以解釋清楚了。

在學校裡，我有很多時間可以想清楚要怎麼說。這一天我以前也過過了，所有的事我都做過，課也都上過，也吃過難吃的營養午餐了。

當數學老師——派克老師轉過去，背對全班的時候，我也知道等一下會發生什麼事，甚至可以倒數讀秒。凱文．佛勞斯對著老師丟了一塊橡皮擦，打到他的褲子。

現在派克老師會回頭……我想。我看著派克老師。

他果然轉過頭來。

……現在，他會對凱文吼……

派克老師大叫：「凱文．佛勞斯！現在就給我到校長室去！」

……然後凱文也會大聲吼。「你怎麼知道是我！你又沒看到！」凱文叫著。

接下來發生的事跟我的記憶一模一樣，老師有點退卻——凱文長得相當高大，不過他還是叫凱文去校長室。凱文踢翻一張椅子，又亂丟他的課本。

眞是無聊。

這句英文怎麼說

牠抓我！
He scratched me!

放學後，我看到塔拉在書房裡，又在欺負布霸，她把貓的後腳抓起來，要牠用兩隻前腳走路。

我大叫：「塔拉！不要欺負牠！」我想要把布霸抓走，她馬上放手，布霸喵一聲，抓了我一把。

「噢！」我丟下貓，布霸就跑掉了。

感覺眞熟悉，而且還很痛。

媽媽問：「麥可，你對那隻貓做了什麼事？」

「沒有！牠抓我！」

「你不欺負牠，牠就不會抓你了。」媽媽罵道。

門鈴響了。

噢！不要！

夢娜、西西和羅絲出現了。還有青蛙王子、內褲……不能再重複了！

可是我的兩條腿卻不聽使喚的往樓上去，像個機器人一樣的走回房間。我爲什麼要這樣？我問自己。

等一下我會把青蛙裝拿出來，拉鍊會卡住，塔拉會打開門，然後我穿著內褲站在那裡。

夢娜會笑得東倒西歪，我會想找個地洞鑽進去。

我就知道會這樣，那為什麼我還得照著做呢？

我不能阻止自己嗎？

11.

我求我自己別上樓，別進房間去。你可以不要這樣做的。一定有什麼方法可以控制、停止歷史重演。

我逼自己回頭，下樓梯，坐在第三個階梯上面。

塔拉去應門，不久那些女生就站在我面前的玄關了。

ＯＫ！我控制住了，現在事情的發展跟上一次已經有所不同。

夢娜問我：「麥可，你的戲服呢？我想看看你的戲服是什麼樣子。」

「呃，不用啦，」我不禁退縮了一下，說：「那衣服很醜，我怕嚇到妳們女生……」

西西說道：「別傻啦，麥可，我們怎麼會被什麼青蛙裝嚇到？」

這句英文怎麼說

別傻啦！
Don't be a jerk.

夢娜又接著說：「而且我們要綵排了，你還是得穿上去，我可不想等到正式演出才看到服裝，我得先練習一下穿上戲服的感覺，當然還有你啦。」

塔拉插進來說：「去啦，麥可，給她們看看你的戲服，我也想看呀！」

我瞪了她一眼，我知道她一定不安好心。

我堅持的說：「不行，我不要！」

夢娜問：「爲什麼不行？」

「我就是不行！」

羅絲忽然有什麼發現似的說：「他害羞啦！」

塔拉跟著加油添醋：「他會不好意思！」

「沒有，才不是那樣，是……是因爲穿那個服裝很熱，而且……」

夢娜往我靠過來，我聞到甜甜的味道，有點像草莓的味道，一定是她的洗髮精，她說：「好啦，麥可，就算是爲了我，好不好？」

「不要。」

她跺腳說道：「你不穿上戲服，我就不綵排！」

這句英文怎麼說

我得穿上戲服。

I may have to put on the costume.

我嘆口氣，心想我大概是躲不掉了，如果我不穿戲服，夢娜是不會放過我的。我只好放棄，「好吧！」

塔拉大叫：「耶！」我又瞪了她一眼。

好吧，我得穿上戲服，可是不表示那些女生會看到我穿內褲的樣子。我想，我還可以改變歷史。

我腳步沉重的走進房間，這次我把門鎖上了。

塔拉，妳再來讓我出洋相啊，妳還是不會比麥可．韋伯斯特厲害的。

鎖上門以後，我覺得自己很安全，便脫掉牛仔褲、襯衫，把青蛙裝從衣櫥裡拿出來，我用力拉拉鍊，卡住了……就跟上次一樣。我告訴自己，這次沒關係，門鎖上了，我還有點隱私權。

門忽然打開，我穿著內衣褲無助的站在那裡，夢娜、羅絲、西西站在那裡瞪著我，然後她們開始尖聲大笑。

我大吼：「塔拉！我有鎖門耶！」

塔拉說：「不，門沒鎖，鎖壞掉了，你不記得嗎？」

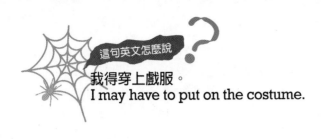

「沒有！爸爸修好了……他修好了……」

我努力搜尋記憶，回想爸爸是什麼時候來修我的鎖的。

哦！對，那是在內褲惡夢之後，我生日那天，所以還沒發生。

我該怎麼把時間調回來呢？

沒救了，我毀了。

時間都弄亂了，我卻沒辦法阻止。

我不禁全身發抖，太可怕了。

這一切會怎麼結束呢？我不知道，所有的一切只會越來越可怕。

那天晚上我幾乎吃不下飯，當然我以前吃過了，而且第一次也沒有喜歡過。

那是豌豆、紅蘿蔔、蘑菇，還有糙米飯。

我儘量挑糙米和紅蘿蔔吃，我不吃豌豆，等爸媽不注意的時候偷偷丟到餐巾裡面。

我看著爸媽，還有塔拉一副沒事的樣子吃晚餐，他們圍在餐桌旁邊靜靜的吃著，講些他們先前講過的話。

我想，爸媽應該感覺到有什麼奇怪的事吧？一定有。

那爲什麼他們不說呢？

我等著老爸講完辦公室今天發生的事情，然後再說我的發現。我決定這次要慢慢抽絲剝繭的講。

「爸、媽，你們有沒有覺得這晚餐好像很熟悉的感覺？」

爸爸回答：「呃，我覺得跟上個月我們去吃那家素食餐廳的午餐很像。」

媽媽看了他一眼，又轉過來看我，冷冷的說：「麥可，你到底想說什麼？你已經吃膩健康食品了嗎？」

爸爸說：「沒錯。」

塔拉像應聲蟲似的跟著說：「我也是。」

我說：「沒有，我不是這個意思，我不是說我們吃過類似的東西，我的意思是，其實我們已經吃過這頓晚飯了，這次是第二次。」

爸爸又皺起眉頭：「麥可，拜託晚餐不要講那些奇怪的理論。」

這句英文怎麼說

時間都弄亂了。
Time is all messed up.

他們還是不懂，我低下頭，告訴他們：「不只是這頓晚餐而已，一整天都是一樣，你們都沒注意到嗎？我們做的都是已經做過的事，時間往回走了！」

塔拉說道：「閉嘴啦，麥可，你很無聊耶，我們不能聊點別的嗎？」

媽媽罵塔拉：「不可以講『閉嘴』！」她又轉過來問我：「你又在看那些漫畫了嗎？」

我覺得好挫折，大聲的說：「你們根本沒在聽我說話，明天會變成昨天，後天會變成前天！所有的事情都倒過來了！」

爸爸跟媽媽對看了一眼，他們好像在打什麼暗號似的。

我興奮起來，他們果然知道，他們知道出了什麼事，只是他們不敢告訴我。

媽媽一臉嚴肅的看著我，說道：「好吧，麥可，我們應該跟你說，我們被困在時間陷阱裡了，我們什麼事也不能做，只能眼睜睜的看著它發生。」

這句英文怎麼說

你們根本沒在聽我說話。
You're not listening to me!

12.

媽媽把椅子往後拉，倒著走到瓦斯爐旁邊，開始把盤子上面的飯倒回鍋子裡。她問爸爸：「的愛親，嗎飯些要還？」

什麼？

爸爸說：「要還我。」

塔拉跟著說：「要也我。」她把飯吐到叉子上，丟回盤子裡面，她吃飯的動作是倒帶演出的！

爸爸站起來，倒著走到媽媽旁邊，塔拉也後退著在餐桌旁邊跳來跳去。

他們不管講話，或是做事情，都是倒過來做的，我們真的被困在時間陷阱裡了！

我大喊：「喂！是眞的耶！」

可是爲什麼我沒有倒著說話？

塔拉先笑出來，說：「蛋笨。」

然後爸爸開始笑，媽媽也跟著笑了出來。

我終於弄懂了，他們在捉弄我，「你們……你們都好壞！」

他們笑得更誇張了。

塔拉嘲笑我：「我還在想你什麼時候會發現咧！」

他們又都坐回餐桌旁邊的座位，媽媽還忍不住笑，說道：「對不起啦，麥可，我們不是故意拿你開玩笑的。」

塔拉在旁邊說：「我們是啊！」

我害怕的看著他們。

這是我這輩子經歷過最可怕的事，而我爸媽竟然以爲只是個大玩笑。

爸爸說：「麥可，你聽過什麼叫做『似曾相識的感覺』嗎？」

我搖搖頭。

這句英文怎麼說

你們都好壞！
You're all horrible!

「就是你覺得眼前發生的事情好像發生過的樣子，叫做『似曾相識的感覺』。每個人偶爾都會有這種感覺，沒什麼好害怕的。」

媽媽接著說：「也許你對什麼事情覺得緊張，比如說你生日快到了，我猜你對變成十二歲這件事有點緊張吧？對不對？而且你也在計畫生日派對這些事吧？」

我抗議的說：「不是那樣，我知道那種感覺，可是我說的不是那回事，這是……」

爸爸插嘴說：「這樣說吧，麥可，等你看到我要送你的生日禮物，你一定會很興奮的，是個大驚喜喔！」

我不高興的想著，才怪！

一點也不是什麼驚喜，你們已經送過我兩次禮物了，你們要送我那輛笨腳踏車送幾次啊？

「媽媽，麥可又把豌豆藏在他的餐巾裡了！」塔拉竟然告密。

我把豌豆包在餐巾裡，丟到她臉上。

第二天早上我去上學的時候，自己都不大確定那是哪一天，已經越來越難控制了。我的課、午餐，我的朋友們說的話都似曾相識，可是沒有發生什麼奇怪的事，感覺好像就是平常上學的日子。

那天下午放學以後，我跟平常一樣在學校打籃球。就在打球的時候，我忽然有一種奇怪的感覺，不好的預感。

我忽然發現，我已經打過這場球了，而且後來下場並不好。

可是我還是繼續打，等著看接下來會有什麼事發生。

我們這隊贏了，我們到場邊拿書包，凱文忽然大吼：「我的藍魔鬼帽子呢？」

啊！我想起來了，這就是「那場」籃球賽，我怎麼會忘了呢？

塔拉好樣的，她又擺了我一道！

「找到我的帽子前誰都不准動！」

我閉上眼睛，乖乖的交出書包。

我知道接下來會發生什麼事，我想，應該也還撐得過去吧。

被凱文海扁一頓真是要命！可是還好沒有痛很久。

這句英文怎麼說

塔拉好樣的。
Good old Tara.

第二天早上我起床的時候，身上的傷都沒了，痛的感覺、傷疤、瘀血都沒了。

今天到底是哪一天啊？一定是凱文K我的幾天前吧，希望不要被扁第三次。

可是今天會發生什麼事呢？

走路上學的路上我一直在想，在找線索，想要想起凱文揍我一頓的前幾天到底發生了什麼事。

考數學？好像，希望不是，可是至少這個比較好應付，至少我還可以想想到底考了哪幾題，先把答案找出來！

我今天有點遲到，這意味著什麼嗎？會被處罰嗎？

我們導師賈柯遜小姐已經關上教室門了，我打開門，教室已經坐滿人了。

我走進去時，賈柯遜老師並沒有抬頭看我。

我想我應該沒有遲到太久吧，應該不會有什麼事。我往教室後面走，走向我平常坐的座位，經過一排排的桌椅時，我瞥了其他同學一眼。

那是誰啊？那個胖胖的金髮男生我從來沒看過，忽然又看到一個漂亮的女生，一邊耳朵戴了耳夾，還有三個耳環，我也沒看過她。

我看看教室裡面的其他人，沒有一個是我認識的。

發生什麼事了？我開始覺得緊張了。

這裡所有的同學我都不認識！

我們班到哪裡去了？

這句英文怎麼說

你走錯教室了。
You're in the wrong classroom.

13.

賈柯遜老師終於轉過頭來，她瞪著我看。那個金髮男生大聲叫：「喂！那個三年級的跑來這裡幹嘛？」

每個人都笑了起來，我不知道爲什麼。

三年級的？他在說誰？我沒看到有三年級的人呀！

賈柯遜老師跟我說：「小伙子，你走錯教室了。」她打開門讓我出去。

她接著又說：「我想，你們班在二樓。」

「謝謝。」我不知道她在說什麼，可是我決定還是乖乖聽她的話。

她關上門，我聽到教室裡面其他學生笑了起來。我匆匆忙忙的下樓，跑進男生廁所，我想洗把臉，應該會好過一點。

我打開冷水，很快的瞥了鏡子一眼，覺得鏡子好像比平常高了一點。

我洗洗手，潑些水到臉上。

我發現，水槽也變高了……奇怪，我走進來這間學校對嗎？

我又照照鏡子，震驚得說不出話來。

那是我嗎？我看起來好「年輕」!?我伸手撥撥我那短短的，很像刷子的棕色短髮，那是我三年級時的蠢平頭髮型。

我不敢置信的搖搖頭，我又變成三年級生了！

我頭上是三年級的髮型，身上穿著三年級的衣服，外貌也變成三年級時的模樣。可是卻還有著七年級的腦袋。

三年級……那表示我在一夜之間往後退了四年。

我不禁全身發抖，只得抓住水槽穩住自己。恐懼包圍了我。

現在時間開始加速往回走了，一個晚上就往回過了四年！那麼，我明天早上醒來會是幾歲？

時間往回走的速度越來越快，我卻還不知道要怎麼調回來！

這句英文怎麼說

找個位子坐下。
Take a seat.

我關掉水龍頭，用紙巾擦乾臉。我不知道該怎麼辦好，我好害怕，完全無法思考。

我走回我三年級時候的教室。

先從窗戶往裡面偷看一下。是了，那是我三年級的導師哈理遜老師，她那頭安全帽型白髮到哪我都認得。

我看到哈理遜老師的時候，就知道我眞的回到四年前了。因爲哈理遜老師那一天本來就不應該出現在學校的。她兩年前，也就是我五年級的時候就退休了。

我打開教室門走進去，哈理遜老師眼皮眨也不眨，說：「麥可，找個位子坐下。」

她從來沒問過我爲什麼遲到。

哈理遜老師很疼我的。

我開始看看班上的其他同學，我看到亨利、約許、西西，還有夢娜，現在都是小小三年級的樣子。

夢娜漂亮的棕髮紮成兩條辮子，西西綁著斜歪一邊的馬尾，看起來很蠢。我發現約許額頭上面沒有長痘痘，亨利的手背上有一張貼紙，是忍者龜裡面的多那太羅。這是我們班沒錯。

我在後面的一個空位坐下，我的老位子，就在亨利旁邊。我偷偷看著他，他在挖鼻孔，眞噁心！我已經忘記三年級的生活是什麼樣子了。

哈理遜老師提醒我：「麥可，我們現在上到拼字課本第三十三頁。」

我伸手到抽屜，找出課本，翻到第三十三頁。

哈理遜老師說：「這些就是明天要考的生字。」開始把那些單字抄到黑板上。雖然我們手上的課本上就有了：嚐（Taste）、感受（Sense）、祖母（Grandmother）、簡單（Easy）、快樂（Happiness）。

亨利悄悄跟我說：「喂，這些字好難喔，你看『祖母』的字母有這麼多！」

我不知道該跟他說什麼，我上一次考的單字（我還是七年級的時候），考的可是什麼「心理學」（Psychology）；「祖母」眞是太小兒科了，一點也不難。

我整天都看著窗外，我以前曾希望課本能教得簡單一點，可是不是這麼的簡單啊，好幼稚又好無聊。

這句英文怎麼說

閃一邊去。
Get off me.

午餐跟下課時間更糟。約許嚼了香蕉後，對著我把舌頭吐出來，亨利還把巧
克力布丁塗在臉上。

終於放學了，我拖著我那三年級的小小身軀回家。

一打開門就聽到一個怪聲，布霸那時候還是隻小貓，很快的衝過我身旁逃到
外面，塔拉搖搖晃晃的跟在牠後面。

我罵她：「不要欺負貓。」

她卻回我：「你是笨蛋。」

我瞪著塔拉，她那時候三歲，我開始回想，她三歲的時候我有比較喜歡她
嗎？

她拉著我的書包說：「給我騎馬！」

我回她一句：「閃一邊去。」

我的書包掉到地上，我彎腰去撿，她抓住我的短頭髮使勁一拉。

「噢！很痛耶！」

她不停的大笑。我大聲吼她，順手推了她一把，媽媽就剛好走過來，她衝過

來抱住塔拉：「麥可，不要推你妹妹，她還是個小小孩！」

我衝回房間去，心裡想著，塔拉三歲的時候我也沒有比較喜歡她，她一直就是這麼討人厭。

她一生下來就是個討厭鬼，長大還是個討厭鬼，她永遠都是討厭鬼，就算我們都老了她還是會欺負我。

我害怕的想到，如果我們有可能變老的話，想到這兒，我就不寒而慄。照這種情形看來，我們永遠不會長大。

我很擔心，我到底該怎麼辦？我已經退到四年前了。如果我不快採取行動，很快我就會又變回成嬰兒了。

然後呢？

我忽然覺得背脊一陣涼意，然後呢？

我會完全消失嗎？

這句英文怎麼說

我每天早上都在驚恐中醒來。
I woke up in a panic every morning.

14.

我每天早上都在驚恐中醒來。

我不知道現在到底是哪一天，哪一年，真的不知道。

我爬下床，去上洗手間。感覺床好像比平常高得多。

我看著鏡子，我幾歲啊？只知道看起來比前一天小。

我走回房間穿衣服，媽媽前一天晚上就把我今天該穿的衣服摺好放在椅子上。我仔細看看媽媽幫我準備的牛仔褲，後面口袋有牛仔的圖案……喔！我想起來了，這件牛仔褲，是我二年級的時候穿的。

也就是說，我現在應該是七歲。

我穿上褲子，真想不到我得再穿上這麼蠢的褲子。然後我把媽媽幫我挑的上

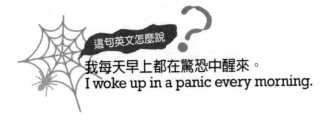

衣攤開來。我的天啊！我的心往下一沉，牛仔襯衫上面還有流蘇什麼的。真是太丟臉了！我以前怎麼會讓媽媽這麼對待我呢？

不過我心裡曉得，我那時候應該是很喜歡這些衣服的，而且很有可能是我自己挑的，只是我不想承認我曾經那麼呆。

我下樓去，塔拉還穿著睡衣在看卡通。她那時候兩歲，她看到我走過去馬上舉起雙手，大叫：「親親！親親！」

她要我親親？那實在太不像塔拉了。

不過也許兩歲的塔拉還很乖，很天真，也許還很討人喜歡。

她繼續叫：「親親！親親！」

媽媽從廚房跟我說：「就親她一下嘛！麥可，你是她哥哥，是她的偶像呢！」

我嘆了口氣，「好吧。」我彎腰想要親親塔拉的小臉，她竟然伸出肥肥短短的食指直戳我的眼睛。

「噢！」我痛得大叫。

塔拉在旁邊開心的笑。

這句英文怎麼說

你是她的偶像呢！
She looks up to you.

她還是那個討厭的塔拉。我一隻手摀著眼睛，搖搖晃晃的衝進廚房。

她是天生的壞胚子！

這回我可知道去上學要到哪間教室去了。

教室裡面都是我的老朋友們，夢娜還有所有人都小得不得了，我幾乎不記得大家都曾經這麼蠢了。

我又一整天坐在那裡學一些我老早就會的東西，比如說，減法、用字很大的課本認字，還有練習寫大寫的「L」。

不過至少我有很多時間可以思考。我每天都在想我該怎麼辦，可是怎麼也想不出解決辦法。

然後，我忽然想起爸爸曾經說過，他想要買這個咕咕鐘已經想了十五年了。

十五年了！沒錯！所以那個鐘一定已經在那家古董店裡了！

我得去找那座鐘，等不及放學了。

我想著，只要我能把那隻布穀鳥的頭轉回去，時間就會再變成往前走。而且

我曉得那個指年份的指針也一定在往回走，所以只要把它調回我十二歲的那年，

然後我就會回到十二歲了。

我真想回到十二歲。七歲的小孩什麼也不能做，總有人盯著你。

放學以後，我開始往回家的路上走，我知道導護老師在看我，她要確定我安全回到家。

不過到了下個路口，我馬上轉過身，跑到角落的公車站牌去，希望導護老師沒看到我。

我躲在一棵樹後面，希望不要被發現。

過了幾分鐘，一輛公車停下來。車門發出嘶嘶聲打開來了，我踏了上去。

那個公車司機有點狐疑的看著我：「你自己一個人搭公車嗎？會不會太小了一點？」

「不干你的事。」我回答。

他看起來好像有點嚇到，我只好接著說：「我要去爸爸的辦公室找他，媽媽說我自己坐公車沒關係。」

他點點頭，關上車門。我打算投三個二十五分的硬幣到票箱，可是投了兩個

這句英文怎麼說

不干你的事。

Mind your own business.

以後司機就叫停：「喂！小伙子，只要五十分就好了，剩的錢留著打電話吧！」

「喔，好！」我都忘了，公車票價是我十一歲的時候調漲的。

我現在只有七歲，那就把另外一個硬幣放回口袋吧。

公車開出了路邊的站牌，往鎮上前進。

我記得爸爸說，安東尼古董店就在他辦公室的對面街上，我在爸爸辦公室那條街下了車。

希望爸爸別看到我，要不然麻煩就大了！我七歲的時候是不准一個人搭公車的。

我急急忙忙經過爸爸的辦公大樓，走到對街，街角有一個工地，堆著一堆磚塊和廢土。再往下走，我看到一個黑底金字的招牌，寫著安東尼古董店。

我的心怦怦的亂跳。

就快到了，再過不久一切都會恢復原狀。

只要我走進店裡，找到那個鐘，等沒人在看的時候，把布穀鳥的頭轉回去，再調一下年份就好了。

我不用再擔心第二天早上醒來變成三歲小孩或是什麼的，我的生活就要恢復正常了。

我告訴自己，等時間又回到往前走的時候，人生會變得很美好，就算有塔拉在那裡搗蛋也無所謂！

我從商店的大片玻璃窗往裡面看。

我看到了，就在那裡，咕咕鐘就在櫥窗裡面。

我緊張得手心冒汗，我趕快上前去開門。

我轉了門把，可是門沒開，我更用力轉也沒用。

門鎖上了。

然後我才發現到，門的角落貼了張紙條。

上頭寫著：「公休度假去」。

這句英文怎麼說？

人生會變得很美好。
Life will seem so easy.

15.

「噢！」我懊惱得大叫，眼淚滾滾而下，「怎麼會這樣？」我用頭拚命撞門，再也管不了那麼多啦！

公休度假去。

我怎麼運氣這麼差？安東尼會去度假多久？他會休息多久呢？等他再開店的時候，我可能已經變成小娃娃了！

我咬著牙，心裡想著，我可不能等到變成小嬰兒，絕對不行！

我得想想辦法，不管什麼辦法！

我的鼻子緊緊貼在櫥窗上，咕咕鐘就立在那裡，離我只有六十公分。可是我碰不到。

櫥窗橫阻在我跟咕咕鐘中間。

櫥窗？

通常我是不會做我那時候想的那種事的。

可是我已經絕望了，我得去調那個鐘才行。

這可是生死交關的事呢！

我從街上往那個工地走，想要看起來輕鬆愉快的樣子，不要看起來像是個想打破商店櫥窗的小孩。

我的手插在牛仔褲口袋裡面，一邊吹口哨，我還是有點高興穿了這麼呆的衣服，這樣看起來就一副很無辜的樣子了。

誰會去懷疑一個穿牛仔圖案衣服的七歲小孩會去打劫古董店？

我在工地踢踢泥巴，踢踢石頭，好像沒人在的樣子。我慢慢走到一堆磚塊旁邊，看看有沒有人在看我。

ＯＫ，安全。

我撿了一塊磚頭舉起來，對我二年級的小小身軀來說，是很重的，舉起那塊

這句英文怎麼說

我站在乾淨得發亮的玻璃櫥窗前。
I stood in front of the shiny plate-glass window.

磚頭也丟不遠。

不過我不用丟很遠，只要打破那個櫥窗就好了。

我想要把磚頭放到口袋，可是太大了，只好兩手捧著磚頭回到店門口。

我努力要裝得很自然，一個七歲小孩很自然的在街上搬磚。

幾個大人匆匆的走過我身旁，沒人多看我一眼。

我站在乾淨得發亮的玻璃櫥窗前，手上拿著沉甸甸的磚頭想著，我如果把磚頭丟出去，防盜警鈴會不會響？

我會不會被警察抓走？

應該沒關係的！如果我能讓時間回到十二歲，我就逃得過警察了。

我鼓勵我自己，勇敢一點！加油！

我兩手舉起磚頭，高舉過頭……

忽然，有人從後面抓住我……

16.

「救命啊！」我大叫，轉過頭去。「爸！」

爸爸質問我：「麥可，你跑來這裡做什麼？你自己一個人嗎？」

我把手上的磚頭丟到人行道上，不過他好像沒看到。

「我……我想給你一個驚喜，我想要放學以後來看你。」

我撒了個謊。

他看著我，一副疑惑的樣子，爲了保險起見，我又說：「爸，我想你。」

他笑了起來：「你想我？」

我看得出來，他被我感動了。

「你怎麼來的？搭公車？」

這句英文怎麼說

你怎麼來的？
How did you get here?

我點點頭。

「你知道你不能自己搭公車嗎？」他問我，不過他的口吻聽起來不是生氣的樣子，我知道我胡謅的理由，把他軟化了。

可是這時候我還是有大問題還沒解決——把咕咕鐘調回來。

爸能幫我嗎？

他會幫我嗎？

我願意嘗試任何機會！

「爸，那個咕咕鐘……」

爸爸抱住我，「很漂亮對不對？我已經看著它好幾年了。」

「爸，我一定要這個咕咕鐘，一定要，非常非常重要，你知不知道這家店什麼時候會開？我們一定要這個鐘！」

爸爸誤會我的意思了！

他拍拍我的頭說：「我知道，麥可，我也希望現在就能買這個鐘，可是現在還買不起，也許哪天……」

他拉著我的手離開古董店，「來吧，我們回家吧，不知道今天晚餐吃什麼？」

我在回家路上一句話也沒說，心裡只有那個咕咕鐘，還有……明天會發生什麼事。

我明天早上起床的時候會是幾歲？

會有多小？

17.

這句英文怎麼說

不知道今天晚餐吃什麼？
I wonder what's for supper tonight?

第二天早上張開眼睛，什麼都變了。

牆壁是嬰兒的粉藍色，床單跟窗簾的顏色相搭配，上面還印著袋鼠的圖案，另外一邊的牆壁掛著一幅十字繡的牛。

這不是我的房間，可是看起來很眼熟。我覺得床上有一個東西，我伸手到袋鼠棉被下面摸了摸，抓出了我的玩具熊哈洛。

我慢慢的理出了頭緒，我回到舊房間了。

我怎麼會跑到這裡來呢？這裡現在是塔拉的房間啊。

我從床上跳起來，發現身上穿著藍色小精靈的睡衣。我發誓我不記得我曾經這麼喜歡藍色小精靈。

我跑到浴室去照鏡子。

我現在到底是幾歲？可是我看不到，我得站到馬桶蓋上面才照得到鏡子。

眞是個壞兆頭。

天啊，我看起來只有五歲大！我從馬桶蓋上面跳下來，衝下樓去。

媽媽抱緊我，親親我的臉頰：「哈囉！小麥可！」

「哈囉，媽咪！」眞不敢相信我的聲音聽起來這麼幼稚。

爸爸坐在餐桌前喝咖啡，他放下杯子，雙手張開：「來，給爸爸起床親親！」

我嘆口氣，逼自己衝到他懷裡親親他的臉頰，我都忘了小小孩做的那些蠢事了。

我五歲的小身體跑出廚房，穿過客廳到書房去，再跑回廚房，有東西不見了。

不對，是有「人」不見了。

塔拉。

媽媽把我抓起來，放到椅子上說：「乖乖坐著，要不要吃麥片？」

我問她：「塔拉到哪兒去了？」

「誰？」

「塔拉。」

媽媽看著爸爸，爸爸聳聳肩。

我繼續堅持的說：「妳知道，我妹妹。」

媽媽一副恍然大悟的樣子，微笑的說：「喔，你說塔拉……」

她看看爸爸，用唇語告訴他：「看不見的朋友。」

爸爸大聲說：「什麼？他有看不見的朋友？」

媽媽對著他皺皺眉頭，一邊裝了一碗麥片給我，說道：「你的朋友塔拉長什麼樣子？小麥可？」

我沒有回答，我驚訝得說不出話。我發現他們不知道我在說什麼。

塔拉根本不存在，她還沒出生！

有一小段時間我覺得很興奮，沒有塔拉耶！我可以整天不用看到、聽到，甚至聞到討厭的塔拉！眞是太完美了！

可是這件事背後的眞相很快的把我拉回現實。

這句英文怎麼說

我驚訝得說不出話。
I was too shocked to speak.

我們家已經有一個人消失了，而我就是下一個。

等我吃完麥片，媽媽帶我上樓換衣服。她幫我穿上衣服、褲子、襪子還有鞋子，不過她沒綁鞋帶。

「好了，小麥可，現在練習綁鞋帶吧，你記得我昨天教你的嗎？」

她抓著我的鞋帶，一邊綁一邊唱：「兔兔跳過大樹，鴨鴨跑到樹叢裡，記得嗎？」

她坐好看我自己綁鞋帶，我看得出來她不覺得我會自己綁鞋帶。

我彎下腰，輕而易舉的綁上鞋帶，我可沒時間搞這些玩意兒。

媽媽驚訝的瞪著我。我站起來說：「好啦，媽媽，我們可以出去了吧？」

媽媽大聲尖叫：「小麥可！你會綁鞋帶了！這是你第一次自己綁鞋帶呢！我先去跟爸爸說！」她用力抱緊我，我翻了個白眼，跟著她下樓。

我自己綁鞋帶，好了不起喔！

媽媽大叫：「親愛的！小麥可剛剛自己綁鞋帶了唷！」

爸爸高興得大叫：「嘿！真是乖兒子！」一隻手舉起來，要我跟他一起擊掌，

這句英文怎麼說

好了不起喔！
Big deal!

這回我看到他用唇語跟媽媽說：「也學夠久了！」

我實在太擔心了，也就沒太計較這句話。

媽媽走路帶我去上幼稚園，她跟我的老師說我剛學會綁鞋帶，真是值得到處炫耀呢。

我得整個早上坐在笨得不行了的幼稚園裡，畫手指，還要唱字母歌。

我知道我得回去那個古董店，我腦袋裡只記得這件事。

我絕望的想著，我一定要去調那個咕咕鐘，誰曉得我明天早上起床還會不會走路？

可是我要怎麼去？二年級的小孩要到鎮上去已經很不容易了，一個幼稚園小孩更不可能。

而且，即使我能順利搭上公車，我身上也沒錢。

我偷偷看著老師的錢包，也許我可以跟她偷幾個銅板，她永遠不會知道。

可是如果我被她逮到，那就麻煩了。而我已經夠多麻煩要煩惱了。

我還是決定，無論如何都要偷偷去搭公車。我一定會想出辦法的。

等幼稚園酷刑結束，我衝出去想要去搭公車……不料卻一頭撞上媽媽。

「嗨！小麥可，今天開不開心呀？」

我忘記她每天會到幼稚園接我回家了。

她的手緊緊拉著我的小手，逃也逃不掉。

這句英文怎麼說

祝你好運囉！
Have a nice day.

18.

第二天早上醒來，我心想，至少我還在，還活著。

可是我只有四歲，時間越來越少了。

媽媽跳進我房間，一邊唱著：「早安，早安！親愛的小麥可，早安！早安，你準備好要去托兒所了嗎？」

天啊！托兒所！

情況越來越糟糕了。

我再也無法忍受了。媽媽帶我到托兒所，親了我一下，照例說聲：「祝你好運囉，小麥可！」

我跑到最靠近門口的角落去坐著，我看著其他小孩玩耍，我什麼也不想做，

不要唱歌，不要畫圖，不要玩沙，也不要玩遊戲。

沙頓老師來問我：「麥可，你今天怎麼了？不舒服嗎？」

「沒有。」

她仔細的看著我：「那你爲什麼不來玩呢？你要來一起玩的。」

她完全沒有問我就一把把我抓起來，把我抱到外面，丟到沙盤裡面，高興的說：「來吧！夢娜跟你一起玩！」

夢娜四歲的時候好可愛，我怎麼都不記得？

夢娜什麼也沒跟我說，她專心的用沙子堆她的愛斯基摩小屋——至少我覺得那應該是個愛斯基摩小屋，反正看起來圓圓的。

我跟她說「嗨」，可是忽然又覺得不好意思。

我又覺得自己很呆，幹嘛對一個四歲的小女生覺得不好意思？

反正她還沒看到我穿內褲的樣子，那還要八年後才會發生。

「嗨！夢娜。」聽到自己的嘴裡發出那種稚嫩的聲音忽然覺得有點害怕，可是大家好像都習以爲常。

這句英文怎麼說

夢娜什麼也沒跟我說。
Mona didn't say anything to me.

夢娜一副不屑的樣子，哼的一聲說：「你是臭男生，我討厭男生。」

我用稚嫩的童聲說：「好吧，妳如果這樣覺得，就當我什麼都沒說吧！」

夢娜瞪著我看，好像聽不懂我在講什麼。

她說：「你是笨蛋。」

我聳聳肩，開始用我那肥短的手指頭在沙子上面畫圈圈，夢娜在她的沙子愛斯基摩小屋外面挖了一圈壕溝，然後站起來，命令我：「幫我看好我的城堡。」

所以那不是愛斯基摩小屋，原來我猜錯了。

「好。」

她搖搖擺擺的跑掉，過了一會兒又提著水桶跑回來。

她小心翼翼的把水倒進城堡外面的護城河裡，然後把剩下的水倒到我頭上。

她尖聲的叫：「笨男生！」然後跑掉。

我站起來像隻狗一樣甩甩濕淋淋的頭，我忽然覺得好想哭，想跑去跟老師告狀，可是我努力忍住。

夢娜站在幾公尺外的地方，準備掉頭就跑，一邊嘲笑我：「來呀！來呀！

來抓我呀！小麥可！」

我把頭上濕濕的頭髮撥到旁邊，瞪著夢娜看。

「你抓不到我！」

我又能怎麼樣？我一定得去追她。

我跑了起來，夢娜大聲尖叫，跑到遊樂場籬笆旁邊的一棵樹那裡去，另外一個女生站在那裡，那是西西嗎？

她戴著粉紅框眼鏡，鏡片很厚，一隻眼睛上還戴著粉紅色的眼罩。我都忘了她的眼罩了，她一直戴眼罩戴到她上一年級的前半學期爲止。

夢娜又放聲尖叫，抓住西西，西西抓住她也開始尖叫。

我在樹下停下來，跟她們說：「別怕，我不會傷害妳們。」

夢娜大聲尖叫：「你會！救命啊！」

我坐下來，證明我不會打她們。

兩個女生繼續大叫：「他在打我們！他打我們！」然後忽然跑過來，跳到我身上，「噢！」我叫出聲。

這句英文怎麼說

我已經忘記夢娜小時候這麼霸道了。
I'd forgotten that Mona used to be so bossy.

夢娜下令：「按住他的手！」

西西乖乖的聽話，夢娜開始給我搔癢。

我哀求她們：「不要，不要！」眞是酷刑。

夢娜大叫：「不要！誰叫你要追我們！」

她一邊給我搔癢，我實在很難完整的講一句話：「我、我、沒有，我、沒有要……」

「有！你有！」

我已經忘記夢娜小時候這麼霸道了，那我得好好再考慮一下，如果我回到十二歲，我大概不會再那麼喜歡夢娜了。

我繼續哀求：「拜託不要了！」

夢娜說：「好吧，可是你要答應我一件事。」

「什麼事？」

她指著籬笆旁邊的那棵樹說：「那你要爬到那棵樹上給我看，要不要？」

我看著那棵樹，應該不是什麼難事吧，「好，妳趕快放手！」

夢娜站起來，西西也放開我的手臂，我站起來拍拍褲子上的草。夢娜又開始笑我：「你會怕！」

「才不會！」真是個小混蛋，簡直跟塔拉一模一樣！

然後夢娜跟西西一起起鬨：「小麥可會怕！小麥可會怕！」

我不理她們，抓住樹上最矮的樹枝，用力爬上去。爬樹比我想像中的難，我四歲的時候身手可沒那麼好。

「小麥可會怕！小麥可會怕！」

我從樹上吼她們：「閉嘴！妳們沒看到我已經爬上來了嗎？妳們憑什麼還要笑我沒膽！」

她們兩個看起來都呆呆的沒反應，就像夢娜剛剛那樣，好像不知道我在說什麼一樣。

她們又繼續叫：「小麥可會怕！」

我嘆了口氣，繼續爬，我的手太小，抓不住樹幹，我的腳打滑了一下。

忽然我的腦海出現一個恐怖的念頭。

這句英文怎麼說

等一下！
Wait a minute!

等一下！我不該爬樹的。

我不是念托兒所那年摔斷我的手臂嗎？

啊啊啊——

19.

又是另一個早晨。

我伸伸懶腰張開眼睛，搖搖左手臂，就是昨天爬樹摔斷的那隻手。

我的手沒事了，完好無缺，已經完全好了。

我一定又往過去走了，這也是時間倒過來的好處之一，不用等我的手臂長好。

不知道我又往後退了多久。

陽光從塔拉的房間，不，應該說我的房間窗戶照進來，我臉上有一道很奇怪的影子，一條長條的影子。

我想要翻身下床，卻撞到什麼東西，這是什麼？我轉回去瞧了瞧。

這句英文怎麼說

你醒了嗎？
Are you awake?

是欄杆！

我被欄杆圍起來了！我被抓去關了嗎？我想要坐起來好好看清楚，這可不像平常那麼容易，我的腹肌一點力氣也沒有。

我好不容易才坐了起來，看著四周。

我沒有被關起來，我在嬰兒床裡面！

我身邊是我那條花邊繡著鴨子圖案的黃色舊毛毯，還有一堆絨毛玩具。我看看身上，穿著白色的小襯衣，還有……不，不會吧！

我害怕的閉上眼睛，不可能！我暗暗的祈禱，拜託不要是眞的！

我張開眼睛看看我的禱告有沒有應驗。

沒有。

我還包著尿布。

尿布耶！

我現在幾歲啊？我又往後退了幾年？

「小麥可，你醒了嗎？」媽媽走進來，她看起來很年輕，我從不記得她有這麼年輕過。

「你昨晚有沒有好好睡呀？我的小甜心！」她顯然不指望我答話，她反而把裝了果汁的奶瓶塞到我嘴裡。

嗯喔！奶瓶！

我用力把奶嘴從嘴裡拉出來，笨手笨腳的丟到一邊。

媽媽把奶瓶撿起來，耐心的說道：「不行喔，小麥可壞壞，快點喝，來，乖。」

她又把奶嘴塞進我嘴裡，我很渴，只好開始喝果汁。

我發現，其實習慣以後，用奶瓶喝東西不是那麼糟糕的事。

媽媽出去後，我放開奶瓶。

我得知道我現在到底幾歲了，我還有多少時間？

我抓住嬰兒床的欄杆，站起來。好，我還能站。

我跨出去一步，不大能控制腿部的肌肉，在嬰兒床裡面搖搖擺擺的。

我發現，我是會走路的，雖然不大穩，不過還可以走。

我肯定變回一歲大的嬰兒了！

這句英文怎麼說

可是我要怎麼辦？
But what can I do?

我摔了下去，頭撞到嬰兒床的欄杆，眼淚馬上湧出，我開始嚎啕大哭。

媽媽跑進房間：「怎麼了？我的小麥可？發生什麼事了？」

她把我抱起來，輕輕拍拍我的背，我哭個不停，眞是尷尬。

我絕望的想著，我可得怎麼辦？一夜之間我就倒退了三年！

我現在只有一歲，明天會變幾歲？

我不禁打了個寒顫。

我一定得找到可以把時間變成往前走的辦法——而且一定要在今天以內！

可是我要怎麼辦？

現在我連托兒所都還沒上。

我是個嬰兒！

20.

媽媽說我們要出門，要幫我換衣服，然後她講了讓我很害怕的話：「小麥可，我知道你爲什麼不舒服了，你該換尿布了。」

我大叫：「不要！不要！」

「小麥可，一定要換，來……」

我不想去想接下來發生什麼事，我寧願不記得。

你一定了解我的感受的。

等最糟糕的事過去以後，媽媽把我放進遊戲圍欄裡，然後去忙她的事。更多欄杆了。

我搖搖波浪鼓，敲敲頭上掛著的那個轉動玩具，盯著它看。我按按一個塑膠

這句英文怎麼說

你給我乖一點。
Don't give me a hard time now.

玩具，按不同按鍵就有不同的聲音出現，發出嘎嘎嘎、嗶嗶嗶、咩咩咩的聲音。

眞是無聊透頂。

媽媽終於又把我抱了起來，幫我穿上溫暖的毛衣，戴上一頂看起來很呆的毛線帽，又是嬰兒藍。

她溫柔的說：「要不要去看爸爸？要不要去看爸爸，然後去買東西？」

「爸——爸……」其實我想說的是：「如果妳不帶我去安東尼古董店，我就要從嬰兒床跳下去！」可是我不會說話，眞是令人沮喪！

媽媽帶我到車上，把我放到後座的嬰兒安全座，我想要說：「媽媽太緊了！」結果卻只說得出：「不要、不要、不要、不要！」

媽媽嚴厲的說：「小麥可，你給我乖一點，我知道你不喜歡坐兒童安全座椅，可是這是規定。」她又用力拉了一下，然後開車進城去。

至少有機會，我想。如果我們要去看爸爸，就會離古董店很近，也許，只是也許。

媽媽把車停在爸爸辦公大樓外面，把我從嬰兒座椅上面解救出來，我又可以動了，可是自由並不長久。

她從後車廂搬出嬰兒車，把我放進去。

她一邊把我推上人行道的時候，我一邊想，小嬰兒真像是在坐牢，我從來不知道有這麼可憐！

這時候是午餐時間，很多上班族從辦公大樓出來。爸爸出現了，他親了親媽媽的臉頰。

然後他蹲下來逗逗我，說道：「我可愛的小寶貝！」

媽媽對著我說：「會不會跟爸爸說嗨？」

我口齒不清的說：「嗨！爸——爸！」

爸爸高興的說：「嗨！小麥可。」可是等他站起來，他小聲的跟媽媽說：「他不是應該要會講更多話了嗎？老婆，泰德的小孩跟小麥可一樣大，他已經會講一整個句子了，他會說『電燈泡』、『廚房』，還會說『我要我的熊熊』……」

媽媽生氣的小聲說：「不要再那樣說了，小麥可學講話一點也不遲緩。」

我在嬰兒車裡面動來動去，氣得冒煙。遲緩？誰說我遲緩了？

這句英文怎麼說

不要再那樣說了。
Don't start that again.

爸爸繼續說：「老婆，我不是說他遲緩，我只是說……」

「你明明就有，前幾天他把豌豆塞進鼻子裡的時候，你還在說要不要帶他去檢查看看！」

我把豌豆塞進鼻子裡去？真可怕。

當然啦，把豌豆塞進鼻子裡是很蠢的事，可是我還只是個嬰兒呀！爸爸會不會太大驚小怪了點？

應該是吧。

我真想告訴他們我長大以後就沒事了——至少我十二歲的時候很好哇。我的意思是，雖然我不是什麼天才，不過我的成績都是優等或甲等。

爸爸說：「我們可以晚點再討論這個問題嗎？我中午只有一個小時，要買餐桌的話要趕快了。」

媽媽哼了一聲說：「是你先提起的。」她熟練的把嬰兒車掉個頭，走到對面街上去，爸爸跟在後頭。

我看到一棟公寓、一家當鋪、一家咖啡店，然後我一直想找的安東尼古董店

終於出現了！

眞高興，這家店還在！我眼睛盯著店招牌直看。

我努力的禱告：媽媽，拜託帶我進去店裡，拜託拜託拜託！

媽媽推著嬰兒車沿著街上走。經過了公寓。經過了當鋪。經過了咖啡店。

我們停留在安東尼古董店門口。爸爸站在櫥窗前，兩手放在口袋裡，透過玻璃瞧著裡頭。媽媽把嬰兒車推到他身邊。

我不敢相信。終於，經過這些事後——我會這麼幸運！

我盯著櫥窗，努力搜尋著。

那座咕咕鐘。

櫥窗的陳列就像一間老式的客廳，我看著所有的傢俱：有一座木頭書櫃、一個鑲邊的檯燈、一張波斯地毯、一張軟墊搖椅，和一個鐘……桌上型的鐘。沒有那座咕咕鐘。

沒有我要找的那座咕咕鐘。

不是我要找的那個鐘。

這句英文怎麼說

沒有那座咕咕鐘。
Not the cuckoo clock.

我的心往下沉。沉到胸口原來的位置。

我的心也很納悶吧，我想……

我來了，終於來到這家古董店了。

可是，那座咕咕鐘卻不見了。

21.

我眞想哭。

當然我也可以哭出來，簡單得很。

畢竟我是個嬰兒，大家覺得我就是愛哭。

可是我沒有，雖然我看起來是個嬰兒，可是我心裡是個十二歲大的小孩，我也有我的自尊。

爸爸走到門口，幫我跟媽媽打開店門，媽媽推我進去。我還是困在嬰兒車裡面。

店裡擺滿了舊式家具。一個四十歲左右，胖胖的先生走過來。

就在他身後，走道的盡頭——一個店裡的角落，我看到了那座鐘。

這句英文怎麼說

有什麼需要我幫忙的嗎？
May I help you?

就是那座鐘！

我不禁興奮起來，開始在嬰兒車裡面動個不停。我離咕咕鐘那麼近！

那位先生問爸爸媽媽：「有什麼需要我幫忙的嗎？」

媽媽說：「我們想買一張餐桌。」

我一定得走出我的嬰兒車，我得要到咕咕鐘那邊去。

我動得更厲害了，可是還是沒有用，我還是困在裡面，我大聲的說：「讓我出去！」

爸媽轉過來看我，爸爸問：「他剛剛說什麼？」

店老闆說：「聽起來好像是『巴拉巴拉巴拉』！」

我更用力的動著，開始尖叫。

媽媽解釋道：「他討厭坐嬰兒車，我把他抱起來一下子，他就會安靜下來了。」她彎腰下來，把我從嬰兒車上抱起來。

等到她把我抱起來，我又開始尖叫，拚命的扭動。爸爸的臉紅了起來：「麥可，你怎麼了？」

我大吼：「下去！下去！」

媽媽喃喃的說：「好吧，不要再叫了。」把我放到地上。

我立刻安靜下來，我試了一下肥短腿，好像走不大遠，可是我也只有這兩條腿可以用了。

店老闆提醒：「注意看一下，這裡面有很多東西都是易碎品。」

媽媽抓住我的手，說道：「來吧，小麥可，我們來看看餐桌。」

她想要帶我到店裡擺著幾張餐桌的角落，我唔唔的扭動著，想要往另外一邊去，可是她抓得太緊了。

「小麥可，噓！」

我讓她拉著去看餐桌，我抬頭看看咕咕鐘，快要正午了。

我知道到了正午布穀鳥就會跳出來，那是我唯一可以把鳥頭轉回來的機會。

我拉拉媽媽的手，她抓得更緊了。

爸爸一隻手摸著一張深色木頭餐桌問道：「老婆，妳覺得這張如何？」

「我覺得這跟我們椅子比顏色有點太深了。」媽媽比較喜歡另外一張桌子，

這句英文怎麼說

吵架了。
At fight.

她往那邊移動的時候，我想要逃走，可是沒辦法。

我搖搖晃晃的跟著她走到第二張桌子那裡，我又看了鐘一眼，分針動了一下。

爸爸說：「老婆，我們不能太挑剔，博格斯先生一家子星期六晚上就要來吃飯，只剩下兩天了，我們晚餐宴客總不能沒有餐桌吧？」

「我知道，老公，可是也沒有必要買一張我們不喜歡的餐桌呀！」

爸爸的聲音開始變大，媽媽的嘴角變得有點僵硬起來。

啊哈！吵架了，這可是我的大好機會。

爸爸大聲說話：「那我們乾脆在地上鋪個毯子叫他們在那裡吃，跟他們說我們在野餐好了！」

媽媽終於鬆開我的手。

我飛快的溜走，往咕咕鐘移動。

咕咕鐘的分針又動了一下，我的小短腿跑得更快了。

我聽到爸媽在吵架，媽媽大叫：「我才不要買一張醜醜的餐桌，就是這樣！」

我暗自祈禱他們不要注意到我，現在還不行。

我終於走到咕咕鐘前面，站在咕咕鐘前面抬頭看著鐘。

布穀鳥的窗戶離我很遠，我根本搆不到。

分針又動了一下，鐘聲響了。

小窗戶打開，布穀鳥跑出來。

它叫了一聲。

又叫了第二聲。

我無助的抬頭看著它。

一個十二歲的男孩困在嬰兒的身體裡面。

我灰心的看著時鐘。

無論如何，我一定得搆到那隻鳥。

無論如何，我一定得把鳥頭轉過來。

這句英文怎麼說

我無助的抬頭看著它。
I stared up at it, helpless.

22.

布穀！

布穀！

三聲、四聲。

我知道它只要叫到第十二聲，我就毀了。

布穀鳥就會不見，拯救我自己的最後機會也沒了。

只要再過一、兩天，我就會消失不見，永遠消失了。

我驚慌失措，看看四周，想要找樓梯、凳子，什麼都好。

最靠近的是一張椅子，我跑過去把那張椅子往鐘的方向推，椅子只移動了三公分。

我靠在椅子上面，用我全身的力氣推，我大概只有十公斤重吧，可是也夠了，椅子開始移動。

布穀！

布穀！

五聲、六聲。

我用力把椅子推到咕咕鐘旁邊，椅墊的高度差不多到我下巴。

我用力爬上去，我的手臂太沒力了。

我把一隻鞋子放在椅子腳邊墊腳，用力往上爬，我抓住椅背的欄杆，用力把自己的身體拉上椅子。

終於爬上來了！

布穀！

布穀！

七聲、八聲。

我先跪下來，然後站起來，伸手去抓那隻布穀鳥，我的手往上伸到極限。

這句英文怎麼說

趕快抓住那個小孩！
Somebody grab that baby!

布穀！

布穀！

九聲、十聲。

快碰到了，快碰到了。

然後我就聽到店老闆大叫：「趕快抓住那個小孩！」

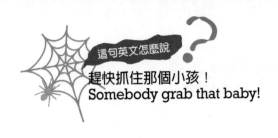

23.

我聽到重重的腳步聲。

他們要跑來抓我了。

我努力要搆到那隻布穀鳥，只差兩公分了……

布穀！

十一聲。

媽媽抓住我，把我舉了起來。

就在那一秒鐘，我碰到了布穀鳥。

我趕快抓住，把鳥頭轉過來。

布穀！

這句英文怎麼說

你是怎麼了？
What's gotten into you?

十二聲。

布穀鳥躲回鐘裡面，頭朝正確的方向了。

它的頭往前了。

我掙脫媽媽的懷抱，站在椅子上。

她大叫：「小麥可，你是怎麼了？」又想要把我抱起來。

我躲開她的手，伸手去找鐘的旁邊。

我看到那個指時間的小指針，伸手去摸那個控制的鈕。我站在椅子上就可以摸到。我用力去按那個鈕，仔細看著轉動的年份，我聽到老闆在吼：「把那個小孩抓走，不要讓他靠近我的鐘！」

媽媽又來抓我，我就尖叫，我叫得非常大聲，大聲到她受不了，只好放開我。

爸爸命令我：「麥可，手放開！」

我放開那個按鈕，指針指的是正確的年份，也就是我滿十二歲那年。

媽媽又要來抱我，這次我就乖乖讓她把我抱起來。

現在不管發生什麼事都無所謂了，要嘛就是時鐘開始生效，我又變回十二歲……

要不然就是時鐘失靈，如果那樣的話，會怎麼樣呢？

那我就會消失，在時間裡面消失，永遠消失。

我等著它發生。

爸爸跟店老闆說：「對不起，我希望他沒有把你的時鐘弄壞了。」

我開始緊張起來，什麼事也沒發生，什麼也沒有。

我又等了一分鐘。

店老闆仔細檢查時鐘，跟爸爸說：「好像都還好，不過他改了年份，我來把它調回來。」

我大聲尖叫：「不行！不可以！」

那店老闆說：「那小孩需要管教一下，我真的這樣覺得。」

他手伸到時鐘旁邊，開始設定年份。

這句英文怎麼說

我被詛咒了。
I'm doomed.

24.

「不要！」

我繼續尖叫：「不可以！」

就是這樣吧。我被詛咒了，我要不見了。

可是店主人最後還是沒有碰到按鈕。

忽然有一道刺眼的白光，我覺得頭暈目眩，我眨眨眼，又眨眨眼。

過了幾秒我才又看到東西。

我覺得冷冷濕濕的，聞到一股霉味，車庫的味道。

是爸爸的聲音：「麥可，你喜歡嗎？」

我又眨眨眼，眼睛適應了，我看到爸爸和媽媽，看起來比較老，看起來很正

常。

我們站在車庫裡面，爸爸拿著那輛全新閃亮的二十一段變速腳踏車。

媽媽皺起眉頭：「麥可，你還好嗎？」

他們要送我腳踏車，是我生日！

時鐘真的起作用了！我把我自己變回到現在了！

「幾乎」是回到了現在，回到我十二歲生日那天，不過也不差了。

我高興得不得了，簡直要爆炸了。

我撲到媽媽身上，用力抱住她，又抱住爸爸。

爸爸說：「哇！所以你是喜歡這輛腳踏車囉！」

我笑笑說：「愛死了！我愛死了所有東西！我愛死全世界了！」

其實我是愛死又回到十二歲了，我會走路，會講話，還可以自己搭公車！

哇！可是等一下，今天是我生日。

別跟我說我又得重新經歷一次惡夢般的生日。

我緊張了起來，準備面對可怕的一天到來。

不過還是値得啦，因爲至少表示時間現在是往前的，恢復到正常的情形。

我已經太熟悉接下來會發生的事。

塔拉。

她會跑去騎我的腳踏車，然後摔下來，腳踏車刮傷。

好吧，塔拉，來吧，出來搞破壞吧。我等著。

但塔拉沒有出現。

事實上她好像根本不在家，她沒有在車庫裡，完全沒看到。

爸爸跟媽媽讚嘆那輛腳踏車，他們沒有發現有什麼不對，或少了什麼。

我問他們：「塔拉呢？」

爸媽四下張望。他們看著我，問：「誰？」

媽媽問：「你有邀請她來參加派對嗎？我不記得有寄邀請卡給什麼塔拉！」

爸爸偷笑的跟我說：「塔拉？是你暗戀的人嗎？麥可？」

我臉紅了：「沒有。」

他們好像一副從來沒聽過塔拉的樣子，從來沒聽過他們自己的女兒。

這句英文怎麼說

我愛死全世界了！

I love the whole world.

媽媽說：「你最好趕快上樓去準備派對，小朋友們就要到了。」

我搞不清楚狀況的走進屋裡：「好。」

「塔拉！」

沒聲音。

她會躲在哪裡嗎？

我找遍了整個屋子，又跑到她房間去看。把房門打開後，本來應該是看到亂七八糟的粉紅色女生房間，還有頂罩的床。

可是我看到的是兩張雙人床，鋪著整齊的床單。

一張椅子、空衣櫥，沒有任何私人的東西。

塔拉的房間沒有了。

只有客房。

哇！真是新鮮。

沒有塔拉了，塔拉不存在了……

這是怎麼回事？

這句英文怎麼說

她會躲在哪裡嗎？
Could she be hiding somewhere?

我走進書房，要找咕咕鐘。

可是沒有。

有那麼一剎那，我忽然感到很害怕，然而很快就冷靜下來。

沒錯，我想起來了，我們還沒買咕咕鐘，我生日的時候還沒有，爸爸過幾天才會買。

可是我還是不懂，我妹妹怎麼了？塔拉到哪去了？

我的朋友們都到了，我們放ＣＤ聽音樂、吃洋芋片，西西把我拉到一個角落，跟我說夢娜喜歡我。

哇！我看了夢娜一眼，她臉都紅了，害羞的把臉轉到一邊。

沒有塔拉在那裡讓我丟臉實在很不一樣。

朋友們都帶了禮物，我自己拆禮物，沒有塔拉偷拆。

吃蛋糕的時候，我把蛋糕端進餐廳，放在餐桌正中央，一點問題也沒有，我沒摔倒，也沒把自己變成小丑。

因爲沒有塔拉來絆倒我。

這眞是我過過最棒的生日，可能是我有生以來最棒的一天，因爲沒有塔拉在那裡扯後腿。

我應該很快就會習慣的。

幾天以後，咕咕鐘送來了。

爸爸跟第一次一樣，讚嘆的說：「很棒吧！安東尼把這座鐘便宜賣給我，他說他發現一個小瑕疵。」

那個瑕疵，我差點忘了這回事。

我們還是不知道是什麼瑕疵，可是我忍不住想要知道爲什麼塔拉會不見。

也許時鐘還是有哪部分失靈了？

也許塔拉被留在某個時空裡了？

我幾乎不敢碰那時鐘，我可不想再去做什麼時光旅行。

不過我還是得知道到底發生什麼事了。

我又仔細的看了時鐘的鐘面，還有所有的裝飾，然後又瞪著標示年份的指針

這句英文怎麼說

厲害！
Good job.

看。

它正確的指著現在的年份。

我幾乎想都沒想，就往下數十二格，找我出生的那年。

找到了。

然後我又往後數過來——

一九八四、一九八五、一九八六、一九八七、一九八九……

等一下！

剛剛是不是跳了一年？

我又確認了一次年份，一九八八不見了，鐘面上沒有一九八八。

而一九八八年就是塔拉出生的那年！

我大叫：「爸！我找到那個瑕疵了！看！鐘面上面少了一年！」

爸爸拍拍我的背，說道：「兒子，厲害！哇！真有趣！」

對他來說，就只是個好笑的錯誤，他完全不知道他女兒根本沒生出來。

我想應該有什麼辦法可以回到過去把她帶回來吧。

我應該會把她帶回來。

我會的。

眞的。

改天吧！

也許。

你的鞋帶掉了！

Your shoe's untied.

你覺得我會相信你的話嗎？

Do you expect me to believe that?

那是什麼？

What is it?

我找不到哪裡有問題。

I don't see anything wrong with it.

我不會去碰它。

I won't touch it.

我認為是真的。

I think it's true.

誰也不准去碰那座鐘。

No one touches the clock.

我也要用百科全書。

I need to use the encyclopedia, too.

一點也不好玩！

It's not funny!

我想也是。

I thought so.

那堆恐怖的垃圾怎麼辦？

What about the horrible trash?

生日快樂！

Happy birthday.

我能說什麼呢？

What could I say?

看看夢娜送你什麼！

Look what Mona gave you!

- 除了我以外。
  Except for me.
- 我要上樓去躺一下。
  I'm going upstairs to lie down for a while.
- 通通不許動！
  Nobody move!
- 我以為是你的。
  I thought it was yours.
- 我會好好看著你。
  I've got my eye on you.
- 你不想來點特別的嗎？
  Don't you want something special?
- 太棒了！
  It's awesome!
- 這是個惡夢！
  What a nightmare!
- 你想太多了。
  You're being silly.
- 我站在廚房，瞪著蛋糕看。
  I stood in kitchen, staring at the cake.
- 我聽到一聲奸笑。
  I heard an evil giggle.
- 快起床！
  Wake up!
- 離我生日還有兩天？
  Two days until my birthday?
- 我想破了頭。
  I racked my brains.

- 做什麼？
  What is it?
- 上學要遲到了。
  You'll be late.
- 牠抓我！
  He scratched me!
- 別傻啦！
  Don't be a jerk.
- 我得穿上戲服。
  I may have to put on the costume.
- 時間都弄亂了。
  Time is all messed up.
- 你們根本沒在聽我說話。
  You're not listening to me!
- 你們都好壞！
  You're all horrible!
- 塔拉好樣的。
  Good old Tara.
- 你走錯教室了。
  You're in the wrong classroom.
- 找個位子坐下。
  Take a seat.
- 閃一邊去。
  Get off me.
- 我每天早上都在驚恐中醒來。
  I woke up in a panic every morning.
- 你是她的偶像呢！
  She looks up to you.

- 不干你的事。
  Mind your own business.
- 人生會變得很美好。
  Life will seem so easy.
- 我站在乾淨得發亮的玻璃櫥窗前。
  I stood in front of the shiny plate-glass window.
- 你怎麼來的？
  How did you get here?
- 不知道今天晚餐吃什麼？
  I wonder what's for supper tonight?
- 我驚訝得說不出話。
  I was too shocked to speak.
- 好了不起喔！
  Big deal!
- 祝你好運囉！
  Have a nice day!
- 夢娜什麼也沒跟我說。
  Mona didn't say anything to me.
- 我已經忘記夢娜小時候這麼霸道了。
  I'd forgotten that Mona used to be so bossy.
- 等一下！
  Wait a minute!
- 你醒了嗎？
  Are you awake?
- 可是我要怎麼辦？
  But what can I do?
- 你給我乖一點。
  Don't give me a hard time now.

不要再那樣說了。
Don't start that again.

沒有那座咕咕鐘。
Not the cuckoo clock.

有什麼需要我幫忙的嗎？
May I help you?

吵架了。
At fight.

我無助的抬頭看著它。
I stared up at it, helpless.

趕快抓住那個小孩！
Somebody grab that baby!

你是怎麼了？
What's gotten into you?

我被詛咒了。
I'm doomed.

我愛死全世界了！
I love the whole world.

她會躲在哪裡嗎？
Could she be hiding somewhere?

厲害！
Good job.

Goosebumps
雞皮疙瘩
T.JACOBUS 95

雞皮疙瘩系列 03

厄運咕咕鐘

原著書名——The Cuckoo Clock of Doom
原出版社——Scholastic Inc.
作　　者——R.L. 史坦恩（R.L.STINE）
譯　　者——派特
責任編輯——劉枚瑛、何若文

國家圖書館出版品預行編目 (CIP) 資料

厄運咕咕鐘 / R. L. 史坦恩 (R. L. Stine) 著；派特譯．
-- 2 版．-- 臺北市：商周出版：家庭傳媒城邦分公司發行，
民 104.07 160 面；14.8 x 21 公分．--（雞皮疙瘩系列；3）
譯自：The Cuckoo Clock of Doom
ISBN 978-986-272-822-2（平裝）
874.59　　104009564

版　　權——翁靜如、吳亭儀
行銷業務——林彥伶、石一志
總 編 輯——何宜珍
總 經 理——彭之琬
發 行 人——何飛鵬
法律顧問——台英國際商務法律事務所 羅明通律師
出　　版——商周出版
臺北市中山區民生東路二段 141 號 9 樓
電話：(02) 2500-7008 傳真：(02) 2500-7759
E-mail：bwp.service @ cite.com.tw
發　　行——英屬蓋曼群島商家庭傳媒股份有限公司城邦分公司
臺北市中山區民生東路二段 141 號 2 樓
讀者服務專線：0800-020-299 24 小時傳真服務：(02)2517-0999
讀者服務信箱 E-mail：cs @ cite.com.tw
劃撥帳號——19833503 戶名：英屬蓋曼群島商家庭傳媒股份有限公司城邦分公司
訂購服務——書虫股份有限公司客服專線：(02)2500-7718；2500-7719
服務時間：週一至週五上午 09:30-12:00；下午 13:30-17:00
24 小時傳真專線：(02)2500-1990；2500-1991
劃撥帳號：19863813 戶名：書虫股份有限公司
E-mail：service@readingclub.com.tw
香港發行所——城邦（香港）出版集團有限公司
香港 灣仔 駱克道 193 號超商業中心 1 樓
電話：(852) 2508-6231 傳真：(852) 2578-9337
馬新發行所——城邦（馬新）出版集團
Citė (M) Sdn. Bhd. 41, Jalan Radin Anum,
Bandar Baru Sri Petaling, 57000 Kuala Lumpur, Malaysia.
電話：(603)9057-8822 傳真：(603)9057-6622
商周出版部落格——http://bwp25007008.pixnet.net/blog
政院新聞局北市業字第 913 號

美術設計——王秀惠
印　　刷——卡樂彩色製版有限公司
總 經 銷——高見文化行銷股份有限公司 客服專線：0800-055-365
電話：(02)2668-9005 傳真：(02)2668-9790

■ 2003 年（民 92）02 月初版
■ 2021 年（民 110）10 月 07 日 2 版 3 刷
■ 定價 / 199 元

ISBN 978-986-272-822-2

Printed in Taiwan
城邦讀書花園
www.cite.com.tw

商周出版

廣	告	回	函
北區郵政管理登記證			
台北廣字第000791號			
郵資已付，免貼郵票			

104 台北市民生東路二段 141 號 9 樓
城邦文化事業（股）有限公司
商周出版 收

請沿虛線對摺，謝謝！

Goosebumps
雞皮疙瘩

商周出版

書號：BG7043	書名：**厄運咕咕鐘**	編碼：

商周出版

讀者回函卡

謝謝您購買我們出版的書籍！請費心填寫此回函卡，我們將不定期寄上城邦集團最新的出版訊息。

姓名：______________________ 性別：□男 □女

生日：西元 ________ 年 ________ 月 ________ 日

聯絡地址：______________________

聯絡電話：______________________ 傳真：______________________

E-mail：______________________

學歷：□1.小學 □2.國中 □3.高中 □4.大專 □5.研究所以上

職業：□1.學生 □2.軍公教 □3.服務 □4.金融 □5.製造 □6.資訊
□7.傳播 □8.自由業 □9.農漁牧 □10.家管 □11.退休 □12.其他

____

您從何種方式得知本書消息？
□1.書店 □2.網路 □3.報紙 □4.雜誌 □5.廣播 □6.電視 □7.親友推薦
□8.其他 ______________________

您在哪裡購買本書？
□1.金石堂（含金石堂網路書店） □2.誠品 □3.博客來 □4.何嘉仁
□5.其他 ______________________

您喜歡閱讀的小說題材是？
□1.浪漫 □2.推理 □3.恐怖 □4.歷史 □5.科幻/奇幻 □6.冒險
□7.校園 □8.其他 ______________________

您最喜歡的小說作家？
華人：______________________ 國外：______________________

最近看過最好看的小說是哪一本？

____

請於此處用膠水黏貼

Goosebumps®

Goosebumps®